耄話抄

小沢昭司

はじめに

耄《もう》という字は辞書には、「八十歳、あるいは九十歳のとしより」、とありました。しかし耄話という言葉は、いくつもの辞書で調べましたが、ありませんでした。

わたしは勝手に「老いぼれの話の抜書《ぬきがき》」のことよ、と思って、耄話抄という題名にしました。

この本は、ちょうどわたしが八十歳から九十歳にかけて、ふと思いついたこと、よくわからなかったこと、疑問に思ったことなどを、尋ねたり、調べたりしたときの記録や、随想を集めたものです。

お読みいただければ幸甚。

若い頃、もっと勉強しておけばよかったのに！　と思っています。

「耄話《もうわ》抄《しょう》」目次

はじめに……1

Ⅰ　ことばを探る

武蔵（634《むさし》）とツリー……11
日曜と七曜……20
〝俳句って〟……29
孫の手……40
端唄か、小唄か……47
はやり歌考……56
泥棒って、お転婆って……64
今こそ別れめ……72

Ⅱ　生を考える

怨念二話……81
眠る・生きる……90
寸見　古代ギリシャ医学……98
寸見　古代日本医学……105
兼好《けんこう》と兼好《かねよし》……112
脹脛《ふくらはぎ》　秘話・その一……128
脹脛《ふくらはぎ》　秘話・その二……135
流行神《はやりがみ》に脱帽……144
死生観・今昔……152
ナマハゲと子供……162

Ⅲ　老いの繰り言、想い出

老いの繰り言（一）……171
老いの繰り言（二）……179

来《こ》し方《かた》を想う……190

Ⅳ　カミ・ほとけ

千社札《せんしゃふだ》……203
お経……211
カミ・ほとけ　素人考（一）……219
カミ・ほとけ　素人考（二）……227
末世《まっせ》……235
四苦再考……242
武則天（則天武后）……252
秘仏……262

装画　小田原千佳子

耄話抄

Ⅰ　ことばを探る

武蔵《むさし》（634）とツリー

はじめに

スカイツリーと、大勢の人びとの投票によって名付けられた世界一高い電波塔がほぼでき上がったようだ。隅田川の東側、押上《おしあげ》という地だ。来年（二〇一二）五月に操業を開始する計画らしい。さらに展望台が四七〇メートルという高いところに建設されるという。東京の新しい観光名所になると何年も前から取沙汰され、最近では新聞やテレビなどでも賑やかに喧伝されている。

塔の高さは六三四メートルだという。六〇〇とか七〇〇とかでなく、なんではんぱな六三四メートルなんだろう。実はそのこともマスコミが説明している。塔の設置場所が墨田区押上で、つまりこの辺りは武蔵の国だった、それでむさしに因んで、六・三・四としたのだという。なあるほど、そうだったのかと思わず苦笑をした。

いや待てよ、ちょっと引っ掛かることがある。あの辺りは大昔は武蔵の国にふくめられていたかもしれぬが、江戸初期には下総《しもうさ》の国だったのではないのか。その証拠にはすぐそばの隅田川の下流に架かっている橋を両国橋というではないか。つまり武蔵と下総二つの国を結ぶから両国橋なのではないか。だから架橋当時は川の東は下総の国だったはずだ。

しかし間もなく江戸御府内（つまり武蔵の国）に編入されたようだ、といのは元禄十五年十二月十四日には赤穂浪士が吉良邸に討入りした。老生も子供の頃から、講談や演劇で嫌というほど聞かされている。討入りの日時も、その晩の天候も暗記している。

場所は「江戸は本所松坂町」と。一度も「下総は本所松坂町」という台詞《せりふ》は聞いたことはない。この時（元禄十五年十二月十四日、一七〇三年一月三十日）には押上をふくめて本所、深川は場末ながら江戸府内、つまり武蔵の国だったのである。ではいつからか。それについては後ほどふれる。

江戸寸描

ここで一、二世代前に活躍した先輩、江戸っ子の考証を少し御披露しよう。

三田村鳶魚《えんぎょ》（『江戸っ子』中公文庫）は、

一体江戸という土地がどこのところであるかというと、誰も知っている人がない。荻生徂徠や賀茂真淵は、江戸というのは江の戸で、入江の門戸という意味だ、といっている。その入江の門戸というのはどこかというと、小宮南梁翁は、それについて、今の宮城の東の方、日比谷の辺は、慶長時分には入江だったので、江戸という地名は、この辺から起こったのであらう、太田道灌がここに城を築いて江戸城といったのが、何よりの証拠である。

（後略）

と述べている。

矢田挿雲《そううん》（『江戸から東京へ』中央公論社）は、

江戸の総称が固定したのは、頼朝時代に、村岡五郎良文の裔たる江戸四郎重長が、武蔵の国一円を支配した以後のことである。

と述べている。

その後徳川家康が入府してからは、急速に人口の移入、増大と住居地の膨張が進み、江戸は武蔵の国の中心都市となった。最近創刊された「週刊江戸」（発行所・デアゴスティーニ）という冊子には、

市街地の範囲が広がり、拡大していった元禄から享保期（一六八八〜一七三六）の状況を、儒学者・荻生徂徠は次のように語っている。「どこまで江戸の内にて、是より田舎という境なく、民の心のままに家を建て続ける故に、江戸の広さは年々広まり、…いつの間にか北は千住、南は品川まで家続きに成りたる、…」と記載されている。家続きといっても、びっしりと軒を並べているのは日本橋辺りの中心部であって、場末の方は街道を挟んでぽっつん、ぽっつんと点在していたのだろう。

両国橋

両国橋が始めて架けられたのは万治三年（一六六〇）である（江戸から東京・週刊江戸）。『広辞苑』には一六六一年（寛文一）に完成したとあるが、ここではこれ以上詮索しない。

現在の両国橋は一九三二年に近代的な鋼橋として架橋された。スカイツリーの近くの隅田川畔からは約二キロ下流にある。武総にまたがる意味で両国橋と名付けられたのであるが、そのわずか二十数年後には東岸の本所側が武蔵の国に編入された。しかし一国橋と改名されなかったのは今から思えばよかったんじゃないかと思うのは老生ばかりではなかろう。

ところで、そもそも何故この時期に架橋されたのか、また何故開府以来五十年以上も経つのに架橋されなかったのだろうか。矢田挿雲はその理由についても述べている。

万治三年、両国橋の竣工前は隅田川に橋がなかった。橋を架ければ不用心だという説が幕府の軍略家仲間に勢いを得ていたのである。今なら橋のない川などは不用心千万に思うが、昔の隅田川は頼朝でも道灌でも浮橋と称する船橋を架けて兵を渡し、渡しおわればこれを撤去したので、今から二六〇年以前に両国橋が架かる前には、本所、深川辺は江戸との交通はほとんどなく、見渡すかぎり水田であった。（中略）もし両国橋がその数年前に架かっていたならば、明暦大火（一六五七年）の水死人は半分は助かったであろう。いうまでもなく明暦の惨状に懲りて、両国橋架橋説が持ち上がったのであるが、その時もまた不用心説を主張するものがあった。それを酒井忠勝が一笑にふして（中略）見事に竣工し、江戸名所に一を加えた。

このように書かれているが隅田川（荒川）の最も古い橋は、奥州・日光への出入口である千住宿に渡された千住大橋である。徳川家康が関東代官頭・伊奈忠次に架橋を命じ、文禄三年（一五九四）に完成した。

前述した矢田挿雲が、「両国橋の竣工前は隅田川に橋がなかった」と述べているのはおかしい。彼は千住大橋は隅田川ではなく、荒川に架かった橋だとでも言うのだろうか。千住宿で育ったこの老生としては一言加筆しておきたい。

下総葛西の編入（復帰）

貞享《じょうきょう》三年（一六八六）に幕府は江戸川（当時は利根川）以西を武蔵の国に編入し、下総はその川以東と定めた。武江年表には、

貞享三年丙寅《きのえとら》・閏三月、利根川西を武蔵とし、東を下総と定給ひ、葛飾郡二ケ国に分る、両国橋より東、深川本所の地は、葛飾郡西葛西領にして、上代武蔵国なりしが、中古下総に属せり、今年昔のごとく、武蔵国に属せしめ給へり

とある。武江年表というのは斉藤月岑《げつしん》（後述）が編著した歴史年表である。徳川家康が入国した天正十八年（一五九〇）筆を起し、主として江戸市中、市外に起った事績、遺聞を年次に従って序列し、一方地方の出来事を挿入した。

嘉永元年（一八四八）に至るまでの二五〇年余りの期間を正編八巻とし、さらに同二年より明治六年（一八七三）に至る二十六年間を続編四巻とし、合わせて十二巻よりなる。後学に益すること頗る大なるものがあるといわれている。

斉藤月岑（一八〇四〜七八）

神田雉子《きじ》町（今のＪＲ神田駅の西側）の町名主の九代目として誕生。祖父、父が刊行を企画し、存命中果せなかった「江戸名所図会」を天保七年（一八三六）に刊行、三代にわたる宿願を果した。さらに前述の「武江年表」に加えて、江戸庶民の年中行事を生き生きと今に伝えている「東都歳時記」七巻も彼の手になる。

６３４メートルの秘話

世の中に秘話という話ほど当てにならぬものはないそうだ。読む人、聞く人の好奇心をくすぐる方向に展開するように仕組まれていることが多い。そう覚悟して老生の語る秘話に寸時耳をお貸しいただきたい。

ではまずスカイツリーの高さが六三四メートルにされたことは、依って立つ場所が武蔵の国だからムサシに因んで六三四メートルとしたそうだと述べた。そしてまた、あの場所が、両国橋が架かった少し後（一六八六）に下総から武蔵に編入された経緯《いきさつ》にもふれた。

話は変わるが、練馬区豊玉に七年制旧制の武蔵高等学校が創立開校されたのは一九二二年（大正十二）である。その前年に財団法人根津育英会が設立され、理事長に初代根津嘉一郎が就任した。老生の在校した時期は一九四四年（昭和十九）から一九四七年である。理事長は二代目根津嘉一郎であった。今は大学、高校、中学が一体となり、学校法人根津育英会武蔵学園が正式な名称である。現理事長は二代目の長男根津公一氏である。

ところでスカイツリーの事業会社は「東武スカイツリー」といい、ＮＨＫや民放六社その他を店子として活動するらしい。

〝東武〟いうのは、東武百貨店、東武鉄道をはじめ多数の子会社を傘下に擁する一大企業グループである。このグループの総帥が初代および二代の根津嘉一郎であった。現在は公一氏（東武百貨店社長）か、実弟の嘉澄氏（東武鉄道社長）かどちらなのか知らない。しかし二人とも武蔵高校の卒業生である。

現根津育英会の理事長である公一氏は何も言わないが、六・三・四は武蔵の国のみならず東武（つまり東・武蔵）や武蔵学園に因むところ、より大なのではなかろうか、どうだろう。

日曜と七曜

日曜先発カレンダー

毎年のことだが、暮近くになるといろいろな企業などから新しいカレンダーが送られてくる。今年も終わりだ、また一つ歳をとるなあという思いが嫌でもわいてくる。新しいカレンダーはそんな情感と一緒にやってくる。

カレンダーについて何年も前から変に思っていることがある。それは曜日の並べ方がふつうと違う種類のものが出廻ってきたことだ。近頃のものはどうも馴染みが悪い。

どのように悪いのだ。それは一週間が日曜から始まるのだ。昔のカレンダーは月曜から始まった。日曜は土、日と一番終わりに書かれていて週末といった。週の初め月曜には、また今日から仕事だよ、やれやれと思ったり、いけいけ、それ行けと思ったりした。そして六日働いて土曜の午後になると、明日は休み、日曜だとほっとした気分になった。

このリズムは小学校の一年生から八十年近く続いている。一週は月曜から始まった。カレンダーにもそのように書かれてきた。いつ頃から一週が日曜から始まるように書かれたものが出てきたのだろうか。私が、おやっと、気がついたのは六、七年も前のことだと記憶しているが、多分もっと以前に出てきたのではないか。

この先発日曜カレンダーは、まことに見にくいし、使いにくい代物である。高齢者の方々は多分同じように思っておいでだろう。もっと若い人でも、以前は先発月曜型で馴れていたのが途中から、先発日曜型に変わったのを経験している人も多くいる。やはり多少とも違和感を持たれる向きもあろうかと思われる。

どんな理由で、あるいはどんなきっかけで日曜が週のトップに来たのだろうか。この変化は日本だけでなく外国でもそうなのだろうか。一寸前のことだが、テレビで韓国のある研究所の室内が映り、その壁にカレンダーが掛けられていたが、やはり日曜先発であった。一方同じようにテレビに映ったスペインの一般家庭の室内に掛かっていたものは日曜は週末で一番後になっていた。

ちなみに昨年の暮にわが家に送られてきた四、五種類のカレンダーはすでにこのように変わってしまったのかと思いつつ、街に出て調べてみた。いろいろな場所でカレンダーをその日で注意して見て歩いた。二、三の文房具屋で、コーヒーショップで、区役所の出張所で、などなどかなりの数を注視した。結果は先発日曜型は従来通りの先発月曜型よりはやや多く数えられた。

七曜

話が後先になったかもしれぬが、そもそも日曜を含む七曜とは何者なのか。さらにその前に七曜すなわち一週間はなぜ七日なのか…。教えてくれた本があった。つい最近、書店で『日本の暦と和算』（中村士《つこう》監修・青春新書）という本を見つけた。中村士先生は放送大学の客員教授でもあり、私もテレビで先生の講義をきいて、前から存じあげていた。この著書から引用して話を進めていこうと思う。

一週七日制の起源は、古代オリエントにあるといわれているが、七日に決まった理由については諸説唱えられている。

七曜日の名称

日本	中国	イギリス	ドイツ
月曜日	星期一 シィンチィイー	Monday 月の日	Montag 月の日
火曜日	星期二 アル	Tuesday チュートン族の軍神ティウ Tiu's の日	Dienstag 軍神 Zio にささげた日
水曜日	星期三 サン	Wednesday ゲルマン神話の神ウォーデン Woden's の日	Mittwoch 週の中間
木曜日	星期四 スウ	Thursday 北欧神話トール Thor's の日	Donnerstag 軍神 Donar にささげた日
金曜日	星期五 ウゥ	Friday 北欧神話の女神 Frigg's の日	Freitag 女神 Freiyj にささげた日
土曜日	星期六 リウ	Saturday ローマ神話の農耕の神サトウルヌス Satun's の日	Sonnabend (Samstag) 休日の前夜
日曜日	星期日（天） リー	Sunday 太陽の日	Sonntag 太陽の日

日中英辞典（三省堂）・大独和辞典（博友社）より

まず一つ目の説は、月の満ち欠けに由来しているというものだ。太陰暦では一朔望月《いちさくぼうげつ》、つまり朔、上弦、満月、下弦、朔という周期を一か月としている。

一朔望月の長さは平均すると二十九・五日であり、これを四等分すると七日になる。この習慣が、週の起源であるという。

実際、古代バビロニアでは月の七日、一四日、二一日、二八日を安息日にしていたことが考古学調査からわかっている。

二つ目の説は、旧約聖書に基づくとするものである。旧約聖書・創世記には神が六日間で天地を創造し七日目に休息したとあり、これに基づいて七日を一週間としたというものだ。

一週七日制が確立したのは、ユダヤ教で守られていた一週七日の制度がキリスト教でも用いられたからである。三八〇年にキリスト教が古代ローマ帝国の国教とされると、ユリウス暦、そしてそれを踏襲したグレゴリオ暦にも一週七日制が採用されることとなり、世界中に広まったのである。


と説明されている。

古代バビロニアでの月の七、一四、二一、二八日の安息日を今の日曜日と考えれば、一週の一番最後に日曜が来ることになる。同様に旧約聖書の天地創造の神話からも、一週の七日目が休息日すなわち日曜日になる。著書にはさらに次のように書いてある。


日曜は、古代ユダヤ人が一週間の最後の日を安息日としたのが起源とされている。西洋では、ベスビオス火山の噴火（西暦七九年）で滅んだポンペイの遺跡にすでに記されている。七曜は、シルクロードを経由して中国にも伝来した。

日本に初めてもたらされたのは、弘法大師（空海）が中国から帰朝した大同元年（八〇六）であり、日曜のことを当時は「密《みつ》」と書いた。その頃の具注暦《ぐちゅうれき》（奈良・平安時代に流行した注のある暦本）には毎日曜の日付の上に朱で「密」と注記されている。

「密」の字がみられる現存最古の暦は、藤原道長が記した日記、「御堂関日記」と呼ばれる具注暦である。平安貴族は具注暦を日記として利用した。

この道長の日記に現れた最初の密日は長徳《ちょうとく》四年七月六日壬戌《みずのえいぬ》、西暦では九九八年七月三一日で、日曜にあたっている。つまり七曜は、なんと二〇〇〇年の昔から途切れることなく、現在まで連続しているのである。


と説明されている。

これらのことから考えれば、日曜は当然週末でなくてはならない。日本では、明治政府が明治五年（一八七二）太陽暦への改暦を宣言して、同年一二月三日を明治六年一月一日とした。その当時の暦はどんなスタイルであったか知らぬが、やがて西洋風の曜日別にあらわされたカレンダーが流布し始めたときは、我々が子供の頃より馴染んだ月曜先発型のものであったと思ってよかろう。

曜日の名付け様

月火水木金土日という曜日の名前は何時頃、またどんな経緯で名付けられたのだろうか。残念なことに、この本にはそれについての記述はない。

中学生の時、英語の先生から七曜日の名を英語で覚えさせられた。その時先生は、日曜と月曜は太陽と月を意味するが、それ以外は日本の火、水、木、金、土と全く関係がない。実は西洋の古代の神話の神々の名前なのだ、と教えてくれた。

あとからふれるが、明治初期にそれまでの日本の旧暦（天保暦）は太陽暦に改められた。その時に七つの曜日の名が付けられたのではないか。日、月はいいが、そのほかに、西洋の神話の神々の名を付けるわけにはいかぬので、古くから馴染んできた五行説の五行すなわち木火土金水を当てたのであろう。

日本の暦には、古来暦注が数多く掲載されてきた。暦注とは暦に記された、天体現象や日時、方角などの吉凶にまつわるもの、具体的には干支《えと》、五行などのことを指すのだそうである。それで日本の暦には木火土金水の文字の記載が平安時代のものにも見られるという。

しかしまた、疑問が浮かぶ。古来馴れ親しんできた、木火土金水という順序を変えて火水木金土としたのは何故《なぜ》なんだろう、教えて欲しい。

ちなみに五行説とは古代中国の陰陽五行説に由来するものである。これは古代中国に起源をもつ哲理で、天地の間に循環流行して停息しない木、火、土、金、水の五つの元気のことである。(『広辞苑』)

それでは中国の古い暦に、日、月、五行にちなんだものがあって、それを招来して日本で作られたものなのであろうか。そうではないと思われる。

中国では、太陽暦であるグレゴリオ暦が導入された時期は日本より遅く、中華民国成立の一九一二年だそうである。それまでの古い暦に五行にちなむ名称があったならば、この改暦時に再現したであろう。現代の中国の暦は日本それと全く異なる名前が付けられている。

前述のように日本で改暦が行われたのは明治五年(一八七二)のことである。引用の著書には「明治の太陽暦」の項に改暦時の暦（国会図書館蔵）の写真が載っている。サイズが小さくて字がよめぬが、頭書に、神武天皇即位紀元二千五百三十二年明治六年太陽暦東京？・刻

一行目に　一月大三十一日

二行目に　一月一日水…

三行目に　一月二日木…

（中略）

六行目に　一月五日日…

とよめる。

したがって曜日の名付け時期は、この時初めて施行されたのではなかろうか。このことも教えて欲しい。

（表に、日、中、英、独の七曜日の名前を掲げましたが、私がそれぞれの辞書より集めたものです。）

〝俳句って〟

はじめに

ふだんは新聞の俳句の欄など見ることもないが、正月のせいか、ふと〝一月の題　氷〟という見出しが目にとまった。プロの俳句作家の句が数句並んでいた。

　沸点も氷点もある温度計

　汝《な》が罪は生《なま》の氷の一貫目

さらにまた一月末の読売俳壇というところに年間賞を得た女性読者の、

　鍋に呼ぶ一人増えてもだいじょうぶ

という句が載っていた。

わたしは全くと言ってよいほど和歌、俳句の類《たぐい》は作ったことはない。俳句の知識も中学生並、そんなわたしだが、新聞に載っていた俳句を今回二、三十ほど見てびっくりした。「これ俳句なの？」って。若衆《わかいしゅ》からは時に化石ぢぢいと思われているに違いないわたしの硬い前頭野はそのように作動した。

そこで一閑日、図書館にいって、俳句の誕生、変遷、現状というようなものの概要を調べてみようと思った。文学、詩集に素人の老爺が調べることだから、見当違いも多々あるやとも思うが、わたしと同じように俳句音痴で、その上調べることも面倒臭いと言われる方々に特に御紹介の労をとろうと発心したのである。

今回調べてみたらいろいろなことが、初めてわかった。今まで何も知らなかったので大変勉強になった。参考書のなかでは、『日本百科全書』（小学館）がわたしの希望通りに纏めた俳句の歴史を教えてくれた。後述するところは、この大書から抄出したり、また拙筆を加えたりしたものである。

俳句

五・七・五の一七音節を基本とする短詩型の文芸。「俳句」の名称は、一六六三年（寛文三）の定清《さだきよ》編『尾蠅《おばえ》』に初出以来、江戸時代の俳書にときどき現れるが、やがて連歌が衰え、巻頭の発句だけが独立制作、享受されるようになると、付句《つけく》を予想した「発句《ほっく》」の名称は不都合となり、独立した発句を指示する用語として「俳句」の語が使用されるに至った。

しかし固有の様式・誌性を意識してこの語を用いたのは、正岡子規が最初であろう。子規は、「芭蕉已後《いご》の俳諧は幽玄高尚なる者ありて、必ずしも滑稽の意を含まず」（獺祭《だっさい》書屋俳話）という理由から、滑稽を原義とする俳諧の名称を退けたが、芭蕉の発句にも俳意・俳情などと呼ばれるおかしみはあり、これを継承した近代俳句もまたおかしみから自由であることはできなかった。

俳句が俳諧の発句から継承したものに、季語（季題）と切字《きれじ》がある。時宜にかなうことを第一とする問答唱和からおこった連句は、発句に挨拶の機能を与えた。そこから発句に、当季の景物を詠み込む約束が自然に生まれ、脇の句を期待しないいわゆる地《ぢ》発句にも、この約束は適用された。

近代の俳句はこの約束を継承し、季語に象徴される挨拶性もまた俳句の特性として生き残ることになる。連句の付句は、前接する付句と一体化して完結するが、前句をもたない発句は、それ自身の内に二句一章の構造を抱え込まなければならない。そのため一句を二分するための切字が要請され、その働きによって生み出される味を、俳句特有の誌性となすに至った。

近世の発句

〔貞門俳諧〕 一七世紀の中葉約五〇年間（寛永期〜寛文期）にあって京都を中心に栄えた俳諧を、指導者松永貞徳《ていとく》の名から貞門俳諧と呼ぶ。貞徳は和歌・連歌に用いない俗語や漢語を「俳言《はいごん》」と呼び、庶民の日常語を文学言語として初めて公認して、近代詩歌への道を開いたが、俳風は、縁語・懸詞《かけことば》や、見立てなど、言葉遊びによる滑稽感の表出に終始し、時代や編者による変化はほとんどみられなかった。

しをるるは何かあんずの花の色　　貞徳

〔談林俳諧〕 この貞門のマンネリズムを打ち破り、蕉風俳諧の成立を促したのは、一六七〇年代（寛文中期〜延宝期）大坂を中心に行われた、自由で闊達軽妙な談林俳諧である。

談林においても、その主力は新興町人階級であり、蓄財への意欲を象徴するかの如く句数を競う矢数《やかず》俳諧が流行、井原西鶴が一昼夜に二三、五〇〇句を吟じて世人を驚かせた。

一方指導者で漢学者の岡西惟中《いちゅう》は、中国古代の荘子の寓言《ぐうげん》論を借りて談林の正統性を主張、貞門との間に激しい論戦を展開した。

〔蕉風俳諧〕 芭蕉らの蕉風俳諧は、談林の異体志向がはからずも生み出した異国趣味、浪漫主義の上に開花する。のちに「猿蓑《さるみの》」をはじめ「俳諧七部集」としてまとめられた。これらの書は、芭蕉の指導と、榎本其角《きかく》、服部嵐雪《らんせつ》、向井去来《きょらい》、内藤丈草《じょうそう》らの門人の研鑽の跡をとどめ、和歌のあはれを通俗性によって止揚し、さびの美を生み育てていく過程や、日常性のなかに想像力の開放を企てるかるみへの展開の模様を伝えている。

一六九四年（元禄七）芭蕉が没すると、支柱を失った蕉門は四分五裂し、理の勝った軽薄卑俗な俳風が流行した。こうした時流を嘆き、杉山杉風《さんぷう》門の中川宗瑞《そうずい》らが著した「五色《ごしき》墨《ずみ》」（一七三一）は、少数ながら花鳥閑雅を喜ぶ人々の共感を得て、中興期の蕉風復興運動にバトンを渡した。

〔中興俳諧〕 一七七〇～八〇年代（安永・天明期）を中心に行われた中興俳諧を代表する俳人は、京都の与謝蕪村《よさぶそん》・炭太祇《たんたいぎ》、江戸の加舎《かや》白雄《しらお》・大島蓼太《りょうた》などその他全国に及び、一派に統一されることはなかった。蕪村の離俗論に代表される脱俗への志向、古典的・浪曼的な風韻、耽美趣味、清新な叙情に彩られた俳風を共通の特徴とした。

行く春や重たき琵琶《びわ》の抱き心　　蕪村

〔近世後期の俳諧〕 一九世紀に入るころ（寛政末～享和期）には中興俳人はことごとく没し、俳壇の大勢は俗化の波に流されていた。そうしたなかにあって、あくの強い個性と、生活感情を生のまま表白する句境とによって独創性を示したのは小林一茶であるが、放浪癖などのため一家をなすには至らなかった。

天保期に入ると、俳風は救いがたいほど低調に陥った。のちになって正岡子規から「天保以後の句は概ね卑俗陳腐にして見るに堪へず。称して月並調といふ」と一蹴された。

近代の俳句

〔子規の俳句革新〕 一八八〇年代、「新体詩抄」や「小説神髄」などにみられたヨーロッパの文学概念による近代化の試みは、俳壇にまで波及し、俳諧が文学であるかどうかの議論が展開された。正岡子規の俳句革新はこうした状況のなかで行われたのである。子規は、月並《つきなみ》宗匠によって偶像化されていた芭蕉を批判し、さらに俳諧の連句を非文学として否定、発句のもつ月並的体質を退け、俳句に自律する詩的世界を志向した。写生説は子規の説いた短歌、俳句における方法論。洋画の理論に学んだもので、対象をありのままに写しとることを主張した。子規の没後、短歌では伊藤左千夫・長塚節・島木赤彦・斎藤茂吉ら、俳句では河東《かわひがし》碧梧桐《へきごとう》・高浜虚子らによって、それぞれ理論的な追及が行われた。（『広辞苑』）

〔新傾向俳句〕 大須賀乙字《おつじ》が、子規の客観的描写に対して象徴的暗示を主張したのがきっかけとなり、いわゆる新傾向運動が展開された。運動の中心となった碧梧桐は、心理的、感覚的な描写による実感の表出に努め、また当時の自然主義の影響下に「接社会」と称して、現実生活、社会生活への接近を心がけた。

一九一〇年、「中心点を捨てて想化を無視する」ことにより、「人為法則を忘れて、自然の減少をそのままのものに接近する」という「無中心論」を唱えたため、季題の存在意義と定型の必然性に翳《かげ》りを生じた。この運動は、もともと写生によって失われた人間回復の志向を底流にしていたから、やがて定型と季題を無用とする自由律俳句へと発展したのである。

老妻若やぐと見るゆふべの金婚式《コトカタ》に話頭りつ　　碧梧桐

〔虚子の客観描写〕子規の生前から碧梧桐とは異なる傾向をみせていた高浜虚子は、新傾向俳句の現状に疑問を抱き「ホトトギス」誌上で俳句の本質論を展開、季題趣味・定型・平明調を唱えてこれを批判、「守旧派」の旗印を掲げた。こうした主張を実践した有力俳人に、村上鬼城《きじょう》、飯田蛇笏《だこつ》らがいる。

ところが、虚子の説は、一九一七年ごろを軸として主観写生から客観写生へと大きく転回する。俳句の制作を通じて、「悟り」の境地に至る、つまり人間形成をめざすというのであるが、自然現象の精細な写生の追求は、やがて無感動な客観句の推積を生んだ。一九二七、二八年虚子は、文学を階級闘争の手段とするプロレタリア文学への反発から、俳句は「天下の閑事業」であり、人事の葛藤纏綿《かっとうてんめん》とは無縁の「花鳥諷詠」の文学であると説き、その代表的な作者として高野素十《そじゅう》を推したが、阿波野青畝《せいほ》、山口青邨《せいそん》、星野立子《たつこ》、中村汀《てい》女《じょ》らをこれに加えることができる。

桐一葉日当たりながら落ちにけり　　虚子

〔新興俳句運動〕 この花鳥諷詠論に対し、一九三一年頃から取材の自由と人間性の回復をめざすいわゆる新興俳句運動が表面化した。水原秋桜子《しゅうおうし》は、瑣末な自然現象の追求に腐心する虚子一門を批判、想像力と叙情的な「調べ」を重んじ、連作による感情の流露を試みた。取材の手を都会に伸ばした山口誓子《せいし》は、無機質な人工的素材をモンタージュの方法によって俳句に取り込み、虚無的な内面世界を表現してみせた。

これらの有季論者に対し、日野草城《そうじょう》、吉岡禅寺洞《ぜんじどう》らは、俳句は一七音節の現代詩であるという自覚から無季俳句を容認、新興俳句運動を推し進めた。

啄木鳥《きつつき》や落ち葉を急ぐ牧の木々　　秋桜子

夏の河赤き鉄鎖のはし浸る　　誓子

〔**戦後の俳句**〕一九四六年桑原武夫の「第二芸術論」が俳句の現代的意義に疑問を投げかけたのを契機とし、日本文化のあり方が問い直されることになる。

翌四七年、現代俳句協会が結成され、『天狼《てんろう》』が創刊された。そのなかで、誓子・西東《さいとう》三鬼《さんき》らは「根源俳句」の語によって現代俳句の根拠を追求し、中村草田男《くさたお》、加藤楸邨《しゅうそん》、金子兜太《とうた》、鈴木六林男《むりお》らは「社会性」を標榜して前衛句に進んだ。現在結社は二〇〇を超え、個人誌の創刊も相次ぎ、女流の進出にも目覚ましいものがあって、女性俳句懇話会が結成されてもいる。今日ほど俳句が多様化し、また大衆化した時代はないといえよう。

あとがき

俳諧というのは俳諧歌の略称であると辞典には書いてある。また俳諧とは滑稽を意味する語だともある。今回ことの序でに俳と諧の字義を『広漢和辞典』（大修館書店）で調べてみた。

俳（ハイ・バイ）①たわむれ。おどけ。②わざおぎ（俳優）。③うそぶく。④すたれる。

諧（カイ・ガイ）①かなう。あう（合）。調子があう。②ととのう。ととのえる。③やわらぐ。やわらげる。④ならぶ。たぐう。⑤たいらにする。⑥わきまえる。⑦たわむれ。おどけ。

とある。

俳諧とは俳の①、諧の⑦の字義より合成された熟語であろう。この齢になるまで知らないでいたのが恥ずかしい。でもふと思った。俳の示す①〜④の心情のない句は俳句と言わず、「短句」と称したらと。しかし、短句とは「連歌・連句などで、短歌の下句《しものく》に相当する一四音の句」（『広辞苑』）とあるのでうまくない。それでは「寸句」とでも称してはどんなものだろうか。

老耄頓首

孫の手

幼い子供の手は、ふっくらとしてやわらかく、しっとりとした湿り気が感じられる。

今では、ふた昔近い或る日のこと、わたしは幼稚園にあがる前の、女の子の孫二人（双子なのだが）と左右に手をつないで、しっかりと握りながら散歩をしたことがあった。その時に味わった幼な子の手の感触を、今でも忘れず、時々思い出される。

孫の手とはなんと可愛いものか。今では二人とも大学生だが、それでも年に五、六回はわたしを訪ねてくれる。

歌舞伎にいったり、江戸東京博物館にいったり、また明日香、平城、平安の古都を旅したこともあった。そんなときも両手をつないで歩いた。

もうひとつの孫の手

１００円ＳＨＯＰで買った竹製の孫の手を愛用している。背中の大部分は、痒くとも手がとどかない。僅か百円のマゴの手が堪《たま》らなく痒いところを癒してくれる。

このマゴの手とはどなたでも御存知とは思うが、日常よくみるものは五〇～六〇センチメートルの竹製のもので一端がやや曲げられていて、屈めた小さな手のひらの形に整えられている。竹製の単純な道具なので日本ではおそらく大昔から同じ形のものが使用されていたと思われる。

さらに想いをめぐらすと、このような道具は人類にとっては不可欠なものであるから、古今東西を問わず人々の痒みを癒してきたと想像している。

とは言っても、痒き手の名は東西の国々ではそれぞれ異っているようである。

中国では「抓耙子」というそうである。また英語では「backscratcher」という。息子に頼んでネットの weblio で調べてもらった。ともに孫の手という呼び方はないようである。中国語の「抓耙子」はどう発音するのかは調べてないが「抓《そう》」は、かく、つまむ、つめるという意味で、「耙《は》」は、まぐわ（馬鍬）の一種で田をからすきで耕した後、さらに

土のかたまりを砕きならす農具の意味であるという。（『広漢和辞典』大修館書店）
小さな孫の手どころではない、馬に引かせる大道具が連想されてくる。

麻姑《まこ》の手

竹製のマゴの手は、その小さな手掌《てのひら》状の形から孫の手という名前がつけられたものだと誰もが思っているに違いない。もちろん、わたしもそう思っていた。
今回念のため『広辞苑』を引いてみた。結果はわたしにとっては、意外だったので同書の記載通りに御紹介する。

まご-の-て【孫の手】麻姑まこ②に同じ
ま-こ【麻姑】①中国伝説の仙女。姑余山で仙道を修め、その爪は長く鳥の爪に似、後漢の蔡経が、これで痒い所を掻いて貰えば愉快この上ないだろうと考えたという。
②（マゴとも）長さ50～60センチメートルほどの棒の端を手首の形に造り、背中など手の届かない所を掻くのに用いる具。象牙製のものや竹を曲げて作ったものがある。

まごので。

とある。『広辞苑』には孫の手の名称の由来を、中国伝説の仙女麻姑の手からきたものであるとの記載はない。しかしこのあと述べるように、図書館にいって、もっとボリューム重厚な事典類を調べたところ、名称の由来を麻姑の手とする、あるいは「といわれる」との記述が多くみられた。そのうちの一つ、『世界大百科事典』（平凡社）には、

孫の手　手に持って自分の背をかく道具。先端を小さな手のようにつくった竹の棒で爪杖、あるいは如意ともいう。「和漢三才図絵」によれば中国の伝説に由来するといい、漢の桓帝の代に蔡経という男が神仙の王の訪問を受けた際に、若くて美しい仙女の麻《ま》姑《こ》に会い、鳥のような爪をしているのを見て、その爪で背中をかいてもらったらさぞ気持ちいいだろうと想像した話が『神仙伝』にある。唐の杜牧《とぼく》の詩には、愁いがきたとき杜甫や韓愈を読むと、麻姑にかゆいところをかいてもらうようだとうたわれており、麻姑の手が転じて孫の手となったともいわれる。

とあり、またわが国でも、菅家文草（九〇〇年頃）、譬喩尽（一七八六年）などにも同様な

記載があるという。（『日本国語大辞典』小学館）

しかし、わたしにはそうは思えないのである。何故かと言うと、むかし漢籍や日本の古典を読めたのは極めて少数の知識人だけで、しかも当該書籍の数量も微々たるものであったはずである。識者が大声で、「孫の手は麻姑の手からきたものだと」と叫んでも日本中にはとどかない。孫の手は大昔から日本各地にあったろう。人々はあの形から、赤子の手を想い、さらに皮膚が老化乾燥し、瘙痒《かゆみ》に悩む多くの老人達が、赤子↓孫↓孫の手と称えたに違いない。『神仙伝』よりも遙かに昔からであろう。

瘙痒とは

「痒《かゆ》み」とは皮膚と粘膜に特有の、実際に「引っ掻きたくなる」自覚的感覚である。そんな感覚、痒みなるものは一体どうして起るのだろう、またどんなところに、またどんな機序で起るのだろうか？

わたしはこんな疑問を持ったが、皮膚科専門医でもない老医には何ひとつわからない。しかし医師の端くれとしてこのまま素通りするわけにはいかないと思われたので、いろいろ調べてみた。『医学大辞典』（南山堂）、「今日の治療指針2015年版」より抄記した。

瘙痒とは掻破欲を催させる一種の不快な感覚である。その本態はなお不明であって種々の学説がある。

瘙痒に対する特別な感覚器の存在は疑問視され、痒覚《ようかく》と痛覚とは同一の器官に感受されるもので、瘙痒は皮膚痛覚神経終末の弱い興奮によって惹起されると考える人が多い。

皮膚瘙痒《そうよう》症　皮膚にいささかの発疹も生ぜず、ただ瘙痒だけを訴える症候をいう。痒みの範囲から、全身いたるところが痒くなる「汎発《はんぱつ》性」、と肛門や外陰部に瘙痒を訴える「限局性」の二つに分類される。これらの原因として最も多いのが、高齢者にみられる皮膚の乾燥（乾皮症）によるものである。

その外にも汎発性では、肝・腎・血液・精神疾患・糖尿病、薬物、妊娠など、限局性では神経障害、感染症などの症状として現れることがある。

診断としては、原発疹がみられない痒みが診断の決め手であるが、実際には掻破《そうは》による続発疹が混在していることも多い。

どうも痒みの原因、機序などまだよくわからない事象がいくらでもあるようだ。皮膚の乾燥によると思われる痒みを訴えてくる高齢の患者さんは、一般医の外来でも時々みられる。でもその多くは引っ掻いたための発赤や、幾すじもの疵《きず》や、疵跡がみられることが多い。だから、痒いときは孫の手でもなるべくそうッと掻いたほうがよい。間違っても麻姑の手のような、鳥の爪もどきの道具は使用してはならない。

最後に、これは若い女性の方に敢えて一言。

近頃、若い女性に麻姑の爪に似た長い指爪をみる。指の尖端から十ミリ、時には二十ミリ近く爪を伸ばし、いわゆるマニキュアを施している。指を華やかで美しくみせるためのものと理解している。しかしあれでわが身や、他人《ひと》さまを掻いてはならぬ。肌を傷つけ、また指をも傷つけること無きにしもあらずと思うからである。

端唄か、小唄か

まえがき

わたしがまだ若かった頃、三十代の半ばから十年近く、小唄のお稽古に通ったことがある。

御師匠《おっしょ》さんはわたしと同い年の女性で家は日本橋の三越のすぐ近くのかなり広い通りに面していた。月に四、五回、午後の時間に出向いた。稽古時間は三十分ほどで、座蒲団に正座して唄った。

初めのうちは唄だけを習ったが、終わりの一、二年の時期には三味線も稽古するようになり、当時は十二、三曲は弾けた。その後どんなきっかけで稽古を止めるようになったのかは覚えていない。たぶんわたしの仕事が忙しくなったからであろう。

お稽古中はもちろん、年に一、二回は人様を前にした舞台で、着物に角帯姿でおっしょさんの糸で唄った。家族や友達が来てくれて、時には「待ってました!!」と声を掛けてくれた。

稽古を始めて三つ月ほど経った頃、わたしは自分の唄が、すでに三年もやっている同じお弟子さんの唄と、上手さ加減がちっとも変わりがないじゃないかと密かに思ったことがあった。

しかし稽古が進んで三年経つと、今度は三つ月の人と、三年目の人、さらに十年余りの人達の唄い振りが、はっきりと違うことがわかってきた。つまり唄の上手さと、未熟さがやっとわかるようになった。このことはわたしの人生の中で、熟、未熟の見極めを軽々にしてはならないという大事な教訓となった。

「邯鄲《かんたん》一睡の夢」というが、まことあれから五十年が経ってしまった。つい最近ある会合に出る折に、時間の都合で神保町の一軒の本屋に足を止めて漫然と棚に目を流していた。

文庫本で『江戸端唄集』という背文字が見えた。つと手を伸ばしてみると中位の厚さの岩波文庫本であった。早速買ってみた。家に帰ってあけてみると、以前にわたしが習った小唄の数々が、この本に江戸端歌としてのっている。

昔、わたしが稽古のときに使っていたのは『江戸小唄集　千種《ちぐさ》』（邦楽協会）という唄本であった。それで習った何十もの小唄のなかに、二、三十はこの『江戸端唄集』に載っていた。

同じ唄が一方では端唄《はうた》と呼ばれ、一方では小唄と呼ばれるのは、素人の愛好者にとっては困ったものである。このことは、稽古中の若い頃からの疑問であった。おっしょさんに聞いても、納得するご返事はいただけなかった。そこからあっという間に五十年が経ってしまった。

今回はふと調べてみる気になった。ふだんわからぬことがあるとすぐ頼りにする『広辞苑』を先ず開いてみた。端唄・小唄関係を訪ねるために必要と思われる種々《いろいろ》な唄ものと、その説明を次に併記してみた。

小唄

①室町時代の小歌の流れを引く、近世の俗謡小曲の総称。②江戸末期に、江戸端唄から出た三味線唄。

小歌

①平安時代に五節《ごせち》で歌う女官の歌またはその役。実体は不明。上代より大歌所に伝習された大歌に対する語。②室町時代に行われた庶民的な短詩型の歌謡。民間から出て上流にも流行し、「閑吟集」「隆達小唄集」などに収録。

端唄

江戸で、文化・文政期に円熟し大成した小品の三味線歌曲。「春雨」「梅にも春」など。これから、歌沢《うたざわ》と小唄が派生した。

歌沢（哥沢）

江戸端唄うた沢節の略称。十九世紀の中ごろ、江戸の通人たちのあいだで流行した端唄を主体に、種々の音曲の要素を取り入れて、繊細優雅な情緒をたたえたもの。（『世界原色百科事典』小学館）

地歌（地唄）

近世の上方で、盲人音楽家が専門的に創作・伝承した三味線歌の総称。古称、弦曲。上方唄。京唄。法師歌。

組歌

地歌・箏曲の曲種名。意味の連絡のない歌詞数首を組み合わせて、一曲としたもの。

箏曲・地歌の最古の形式。

清元節

邦楽・江戸浄瑠璃の一流派。常磐津《ときわづ》・富本《とみもと》とともに豊後《ぶんご》三流の一つに数えられる。一八一四年（文化十一）富本節の名手二世富本斎宮《いつき》太夫が清元延寿《えんじゅ》太夫と名のって創始した。二世延寿太夫のときに流行の俗謡や端唄なども吸収して、しだいに仇っぽくしゃれた曲風を完成。四世にいたり劇場音楽としての地位が高まり、「三千歳《ちとせ》」「十六夜《いざよい》」など艶麗な曲が生れた。（略）（『世界原色百科事典』小学館）

まずは、このように唄ものに関する呼称を並べてみた。どうも江戸時代の後半に流行した端唄から、のちに小唄と呼ばれるものが生れてきたようである。しかし一般的な辞典の説明からでは、端唄、小唄の詞章や音曲的な特徴を知ることはできない。

都合いいことには、わたしが稽古に通っていたときに購入した分厚い小唄の本が棚の奥で数十年眠っていた。『江戸小唄』（木村菊太郎著、演劇出版社、昭和三十九年発行）というものである。これを頼りにまとめてみた。

江戸端唄

江戸端唄（現在では単に端唄と呼ぶ）とは、天保年間（一八三〇年頃）から江戸の市井に流行した短編の唄で上方小唄の系統を引くものである。したがってその詞章、作曲の面からみると、純然たる江戸所産の声曲とはいい難い。

上方小唄とは、上方唄のうち地唄、田舎唄ではないものの総称、と木村菊太郎氏は云っておられる。（したがって上方端唄という呼称はない、とわたしは思う。）

室町時代になると前述の「小歌」という名称は庶民の間に普及し、小歌という言葉は直ちに民間の流行歌を指すことになった。

続いて文禄・慶長の初め（一六〇〇年頃）『隆達《りゅうたつ》小唄』が誕生して、小唄が町人の間に深く根を下ろすようになった。当時は之を『はやり小唄』と呼んだ。隆達以降の小唄はまず上方の二都（京、大坂）を中心に発生し、発達したので、木村氏は「三味線に合わせて唄われる之等の小唄を総称して『上方小唄』と命名されている」と述べている。

天保年間（一八三〇年頃）、上方小唄の系統を引いて江戸に勃興した民間の流行小唄を、江戸では『江戸端唄』と呼んだ。（木村氏はこれはその系統からして『江戸小唄』と呼ぶべきが至当であったと述べている。)

端唄の名称について

万治三年(一六六〇)、新吉原に流行した流行小唄を集めた『吉原はやり小うた総まくり』が刊行されたが、これが江戸で刊行された最初の小唄本である。すべて上方小唄そのままの流行小唄で、その中に「さかな端唄づくし」という唄がある。この「さかな端唄の名は、酒の肴に唄われた端ものの歌であるということを指してたものであろうという。

新吉原ができたのは明暦三年(一六五七)であるが、この頃の記録によると、長歌、端歌の名称は、その後の新吉原から江戸の芝居に採り入れるにおよび、歌舞伎で用いられる歌を長歌、市井で唄われる短編の流行小唄を端歌と呼ぶようになった。

江戸では初め、短編の小唄のみを端歌と呼んでいたものが、しだいに市井のはやり小唄(短編・長編を含めて)を総括して『端歌』と呼ぶようになってしまった。

そこで、天保以降、江戸っ子が古今の上方小唄、地唄、田舎唄などを江戸風に作曲してはやり唄とするに当って、躊躇なくこれに『江戸端歌』と命名したのである、と木村氏は考えておられる。

江戸小唄の発祥

〽散るは浮き　散らぬは沈むもみぢ葉の
　かげは高尾か山川の　水の流れに月の影

江戸小唄を習った人なら、誰一人知らぬ人のないこの小唄は、江戸時代の末、清元お葉《よう》によって作曲されたものである。

この歌は不昧《ふまい》公（松江城主松平治郷《はるさと》）の作った和歌をもとにした歌である。「山川」というのは、不昧公が好んだお茶事の菓子として作らせた打物の菓子である。

公が詠んだ和歌は「散るは浮き　散らぬは沈むもみぢ葉の　影は高尾の山川の水」というものであった。だがお葉が節をつけようとするとどうしても文句が足らないので、それに加筆して「水の流れに月の影」として滑らかに唄えるように作曲した、といわれている。

この唄は、当時流行の江戸端唄でもなく、哥沢節でもない、全く新しい作曲手法をもったこの小曲を、われわれがふつう『小唄』と呼んでいるが、正確にいうと『江戸小唄』の発祥なのである、と木村氏はいう。

またさらに、お葉はこのとき、父(二世清元延寿太夫)の清元節の作品のうち、江戸っ子特有の粋といいなせと勇みを採り入れて作曲された『三社祭』と『神田祭』の早間拍子《はやまびょうし》の三味線の手を想い出したのである。——在来の端唄でもなく、新興の哥沢節でもない、違ったものにするには、清元の早間な拍子を三味線にとればよい——お葉がこう考えついたとき、三味線の手が次々と水の流れるごとく頭の中に浮かんでくるのを感じたのだと、木村氏は書いておられる。

今回、端唄・小唄のこと、五十年ぶりにやっとわかった。

はやり歌考

歌は太古の昔より今に至るまで、世の人には欠かせない文化の一つであろう。
わが国で最も古い流行歌《はやりうた》といえば、平安時代に後白河法皇によって編著された、今様歌謡集『梁塵秘抄《りょうじんひしょう》』にある歌が、それであろう。そしてまた、庶民や貴族も歌って、聞いて、楽しんだであろう。なかでもよく知られた歌を一つ御紹介する。

舞え　舞え　蝸牛《かたつむり》　舞はぬものならば
馬の子や　牛の子に蹴《く》ゑさせてむ
踏み破《わ》らせてむ　実に美しく舞うならば
華の園まで遊ばせむ

というものである。もちろん、節（メロディ）はわからない。

今日では、歌はラジオやテレビで毎日、しかも日に何回も歌われている。でも特に、耳目を傾けることはない。戦後しばらくの間は、愛唱歌とか演歌とかと称される歌が多かったが、ビートルズが来てから様子がすっかり変わってしまった。わたしには良さがわからない歌ばかりになってしまった。

昔の歌が顔を出すときは、時々見る。ことに若い頃に聞いて覚えた歌などが出てくると、自らも口を動かして一瞬なんとなく、いい気持ちになることがある。

歌は世につれ

「歌は世につれ、世は歌につれ」という言事《ことわざ》がある。いつ頃から言われ出したものか、知る由もないが、はやり歌は世の中の移り変わりにつれて一緒に変化し、世の中もまたはやり歌とともに変化していく、ということを意味するようである。

たしかに、歌は世につれというのは実感がある。たとえば舟頭小唄という歌は詩も曲も悲哀そのものだ。

おれは河原の　枯れすすき
同じおまえも　枯れすすき
どうせ二人は　この世では
花の咲かない　枯れすすき

（野口雨情詩・中山晋平曲・大正十二年）

この歌はわたしが小学生時代の昭和十年頃まで歌われていた。世の中は、というと昭和三年に発した世界恐慌のため日本の世は、何年も暗い、冷たい日々が続いていた。雇用は冷え込んで、「大学は出たけれど」という文句が巷間《ちまた》に流行した。

このあと、支那事変、大東亜戦争と呼称した戦時態勢に入り、世は軍国主義一色に染まり、歌も軍歌、愛国歌ばかりになってしまった。

一方、世は歌につれ、といっても世の中の態《さま》―政治や経済の様相までが歌につれて変貌するというような大袈裟なことを言っているのではあるまい。その時その時の多くの世の人達の心情に、いささかの情緒、雰囲気上の変化をもたらすのだということだろう。

それにしても、世が歌で変わったとするいい例がなかなか見つからない。

昭和二十年八月、日本は米英に敗戦した。不安で、ひもじい、暗い時間が毎日流れるばかりであった。

その年の暮近くに「そよかぜ」という映画が世に出たらしい。主演は上原謙（加山雄三の父親）で、主題歌は、並木路子《みち》の歌う「リンゴの歌」というものであった。

わたしはこの映画をみていない。しかし主題歌の「リンゴの歌」は当時毎日、朝に晩にラジオから流れてきた。

赤いリンゴに　唇よせて
黙って見ている　青い空
リンゴはなんにも言わないけれど
リンゴの気持はよくわかる
リンゴ可愛いや　可愛いやリンゴ

（サトウ・ハチロー詩・万城目正曲・昭和二十年）

という歌である。明るい、早間《はやま》のメロディと並木路子の若々しい歌声が、多くの日本人の心に平和な明るさを灯したように思っている。「世は歌につれ」というのはこんなことを云うのではないか。

BS日本テレビ・こころの歌

このような題名の歌番組が一、二年前から放映されている。晩めし後《あと》の微酔の眼、耳を楽しませてくれる。毎月曜の夜だ。わたしはいつも視聴している。

歌は二、三十年前のものもあるが、明治から昭和前後のものが多い。したがってわたしが子供から若者の時期に聞いた、また歌った、そしていまだにその一部を口遊《くちずさ》むことができる歌がかなりある。歌詞がテレビ画面に同時に映し出されるので、よけい親しみが湧いてくる。

その上、出演者の身形、立振舞がまことによい。毎回男性六、七人、女性六、七人が出て、それぞれ男声合唱、女声合唱、混声合唱で楽しませてくれる。

服装は女性はお揃いのロングドレスを着ている。ほとんどが柄模様のない一色のものである。男性はスーツにネクタイ、時にはタキシードのこともある。

歌う様は、全員直立不動の姿勢で、右手にマイクを握り、口もとから二、三十センチ離して歌う。女性も同じくすきっと立って、ステップを踏んだり、全、半身をくねらせたり、また顔に色濃い表情を浮べたりすることはない。ただ時にわずかな笑みや、愁いを見せるだけである。

わたしには今時の他の歌い手達の歌い方より、この人達のほうが、お行儀がよく、上品で、今様に言うならば、恰好いい！と思っている。

歌詞いろいろ

もとより詩歌については、縁もゆかりもないわたしだが、昭和前期までと戦後の歌とでは、かなり違いがあるなと思われるのである。

昔の歌詞は、短い句をいくつか連ねた、いわゆる詩の形式が守られている。例えば、

酒は涙か　溜め息か
心の憂《う》さの　捨てどころ

と充分老いたわたしにとっては一読して詩だと感じられる。

烏なぜ啼くの　烏は山に
可愛い七つの　子があるからよ

とこれも同様である。
これらに対して、近頃といっても大分前だが、「シクラメンのかほり」という歌がある。わざと句切らずに書いてみると、

真綿色したシクラメンほど、清《すが》しいものはない。出逢いの時の君のようです。ためらいがちにかけた言葉に、驚いたようにふりむく君に、季節が頬をそめて過ぎてゆきました。
（小椋佳詩・曲）

これはどうみてもふつうの文章ではないか。散文といわれるものではないか。散文でも上手に句切って、上手にメロディにのせれば見事に歌になるんだ。作者は小椋佳さんだ。

わたしもテレビで見て知っている。そして思った。彼が作詞、作曲を一人でやったから世に評判になったこの歌ができたんだ。

歌詞というか、特にはやり歌の文句というものは、詩でも、散文でも、良し悪しは問われないのだ、と気がついた。

その途端に、では正確に詩とは何か、散文とはどういう文章なのかと心中の虫が、わたしに問いかけて来た。そこで確かめようと思い『広辞苑』に問うてみた。曰く、

「詩」①中国の韻文の一体。書経舜典に「詩言志、歌永言」とある。（筆者注・詩は志《こころざし》をのべるもの、歌は声を引きのばしていうもの）
②文学の一部門。風景、人事などの事物について起った、感興や想像などを一種のリズムをもつ形式によって叙述したもの。（以下略）
「散文」（散は制限のない意）平仄《ひょうそく》・韻脚もしくは字数、音節数などの制限のない通常の文章。

と教えてくれた。『広辞苑』は老脳介護に欠かせないものと感謝している。

泥棒って、お転婆って

あっという間に齢、米寿を過ぎてしまった。暇ができてきたので、テレビをよく視る。一番好きなのは放送大学の講座番組だ。毎日二、三時間は視聴している。

最近特に興味深かったものに「日本語概説」という講座があった。一回四十五分の講義で十五回で完了する。わたしはわが家に居ながら十五回全部受講した。この講座の印刷教材（テキストのこと）というものもあり、なんとか歩行可能な距離にある放送大学の学習センターに赴いて購入した。

特に興味を覚えたのは言葉の語源についてだ。わたしは前々から時々不思議に思ったことがあった。例えば、

何故、盗人のことを泥棒というのだろう?

何故、物静かでない女を御転婆というのだろう?
だが、調べもしないで、すぐ忘れていた。
今回テレビとテキストから、「調べてみなさい」と言われたような気がした。まず、テキストには次のように述べられていた。抄記してお知らせする。

「竹取物語」に帝が、天の王からもらった「不死の薬」を棄てた山を「ふじの山」と名付けたという話がある。古来、語源についての関心は高く、現代に至るまで脈々と受け継がれている。

しかし、この関心の高さに反して、語源の探求には多くの困難が伴い、客観的に根拠を求めることは容易ではない。《よく寝る》から「ねこ」、《もちもちしている》から「もち」など、語源俗解（民間語源説）というべきものである。『日本国語大辞典』（小学館）には、「語源説」の欄に江戸時代の書物等に掲載されている語源の説を挙げ、それと別に「語誌」欄を設けて古文献の使用例に基づき、客観的に当該語の由来や意味用法の変化、位相、歴史的背景などについて記述されている、と書かれていた。

そこで『日本国語大辞典』をみればわかるんだと思って、語源を知りたいと思った言葉をとりあえず二十ほどメモして足立区立中央図書館に行った。同館は一～三階が図書館で、四～六階が放送大学足立学習センターになっている。

さて、『日本国語大辞典』の第一巻を書棚から取り出した。大きい、重い、『広辞苑』などよりは一廻りも二廻りも大きい。それがたしか十五、十六冊並んでいる。

まずは用意した言葉「あどけない」を引いてみた。「無邪気である。邪心がなくてかわいらしい」などの意味が書かれている。終わりの方に〔語源記〕として、

(1)アドナシ（稚呆）にケ（気）の加わったもの（大言海）

アドナシ〔跡処《アド》なしの約か、（事執部《コトトリベ》、ことりべ、とどまる、とまる）とりとめなしの意、あどないは音便の口語なり〕たわいなし。あどない。あどけない。（小児の遊びの如きを云ふ）

(2)アドの気が無いこと

(3)アダケ（他気）なしの転（大言海）

(4)アダオクケナシ（他置気無）の義

(5)アヒテケナシ（相手気無）の義

(6)アヂキナシの転訛か。(以下略)

さらに詳細な説明やら学説などが述べられていて、詳し過ぎて素人の歯の立つものではないな、と思った。この大辞典には降参するよりほかはない。

一方気が付いたことがある。この辞典には語源を『大言海』(冨山房)によったという記載がいくつも見られたことである。『大言海』ならわたしはかなり以前から持っている。じゃあ、それで調べたほうがいいや、と早々に大辞典と図書館から退却した。

帰って調べてみると、わたしの『大言海』は新編刷第六刷発行というものであった。今まで語源になど目を向けなかったが、今回よく眼を通してみると、多くの語についてその語源が記述されていることがわかった。

この辞書は、片仮名を使った文語体で印刷されている。馴染みがわるいので、今回この小文では平仮名にしてある。所々辞書の記述を短く抄記した箇所もある。『大言海』以外の他の辞典その他に拠ったものは、( )内に書名を記した。

また、以下に取り上げた語源探しの言葉は、わが老脳に浮かんだものを、秩序なく取り出したものである。わたしと同様に「今まで知らなかったよ」という読書子には少しはお役に立つのではないかと、『大言海』を虫眼鏡を使って読みながらこの小文を書いた。

あおいき　青息〔顔青ざめてつく息の意か、吐息と云うは、青反吐《あおへど》と通ずるか〕

苦心して、息をつくこと。

がってん　合點（一）官府にて、文書に、一人可とすれば點をかけ、同僚、同心なれば、又、點をかく、其點の合ひたるにて、裁可すること。

歌などに、判者二人なれば、歌の左右の肩にへを懸けて、相合ふものを優れりとす。これを、鉤を懸くと云ふ。

（二）轉じて、廻文《めぐらしぶみ》などに、一見し了《おわ》りて鉤を懸け、承諾の旨を示すこと。

（三）又轉じて、うけがふこと。同心。得心。納得。約して、がてん。承諾、了解。

（四）又轉じて、承諾の意を示すに、うなづくこと。首肯《しゅこう》。

さくら（広辞苑）①〜⑤略。

⑥㋐ただで見る意。芝居で、役者に声を掛けるよう頼まれた無料の見物人。㋑転じて露天商などで、業者と通謀し、客のふりをして他の客の購買心をそそる者。またまわし者の意。

⑦市街の繁華な所。（隠語）
（この者たちを何故「さくら」というか？ は記載がない。筆者）
さおとめ　早少女〔さは早苗《さなえ》の下略。さをとめ「小苗少女」の義なるべし〕陰暦五月に、農家の婦女の、早苗を田植えするもの。植うるを、取ると云ふ。うえめ。
さつき　五月〔早月とも記す、奥儀抄、二、「早苗月の略」卯花月↓卯月。かみなし月↓かみな月。即ち、五月を早苗月とも云ふ、早苗を植うる月の義なり〕
さかやき　月額　月代〔逆明《さかあき》にて髪を抜きあげて、明《あ》きたる意にてもあらむか、さかいきと云ふは、後世の音轉なり、これを逆息《さかいき》の義とし、逆上の気なりと云ふ説は、後世に云ふさかやきには云へ、額月《ひたいつき》の語源とはならず、又月代《げったい》の字は、つきしろにて異義なるを、因襲して用ゐるなり〕
（一）又、額月。男子の額髪の生際《はえぎは》を、半月形に抜きあげておくもの。
（二）足利時代の末世に至り、さかやきは、廣がりて、頂きの中央にかけて、悉く剃り去ることとなれり。（中略）
初は剃ることと狭《せま》かりしに、廣大に剃ることは、織田信長に始まれりと云ふ。伊勢物語に「さすがに、あはれやと思ひけむ」とあるを、眞名本に「然爾憐與哉《さすがにあはれとや》」と記せり、然

るにの意、通俗に、流石の字を當つ。是れは、急流に流れはすれど、淀み淀みして流る る義にてためらふ意なるべし。（略）

どろぼう　盗賊〔押取坊《おしとりぼう》の上略ならむ〕

（一）取ん坊などと云ふ語と、同例なり。沖縄にて、どるぼう。ぬすびと。（略）

（二）西国にては、放蕩無頼の物の称。（蕩《とろ》けたる者の意か）

どろぼう　遊蕩〔泥田棒《どろたぼう》を更に約《つづ》めたる語という。泥縄と同列なり。泥棒は盗賊にあらず、遊蕩の専用語なり〕

（一）遊女狂に、身をやつすこと。どろ作。

（二）非常に酒に酔ひたるもの。泥酔せるもの。よひどれ。よっぱらひ。

どろたぼう　泥田棒〔泥田を棒で打つという語を約《つづ》めたる語〕狂気じみたふるまひ。何の差別もなく、理不尽に事をなすこと。

おてんば　於轉婆〔蘭語 Ontembaar〕

女のですぎたるもの。たしなみなき女。あばずれもの。おきゃん。軽佻女。

（Ontembaar を Weblio で引くと untamble とあり、飼いならすことができないという意味である。筆者）

なんとまあ、いろいろあるんだろう。今まで信じていた意味や、使い方がまるで違う言葉が沢山ある。

「なんで、そういうの」と気がついて調べたくなる言葉は限りなくありそうだ。

日本語の多くが漢語を根っことして、発芽、生育、繁茂した。漢字はＡＢＣなどとは違って、表意文字といわれ、字の形を見ただけで意味するところがわかる。しかも一字がいくつもの意味を持っている。

日本語ってなんと複雑怪奇なんだろう。だけど豊満な、楽しい言葉じゃないかな。

今こそ別れめ

仰げば尊しわが師の恩……

今こそ別れめ　いざさらば

と小学校の卒業式で声を揃えて歌った。わたしの通った小学校では毎年三月末の卒業式には卒業する六年生のほかに五年生が列席して式典をあげた。

五年生、六年生全員でまず「蛍の光」を歌い、最後に「仰げば尊し」をピアノの伴奏で歌いおさめた。だから小学校では二回この歌に、引き締まった雰囲気の中で接した。

歌の意味内容は、さして難しいものではないから、小学生でもおよそわかっていた。先生からは内容を教わらなかった。たぶん「わが師の恩」の押し売りになるので自らは説明しなかったのだろう。ただこの中で「今こそ別れめ」をわたしは中学に入るまでは「今こそ別れ目」だと思っていた。今日が別れの日なんだ。今が別れ際《ぎわ》なんだと思っていた。

昔の中学校では一、二年生から古文や漢文の授業があった。文語文法という独立した教科もあった。そして係り結びというやたら難しげな規則を覚えさせられたものだった。ここでこそがなければ「今別れむ」となることを知った。こんなややこしい規則《きまり》をわれらが御先祖様はいつ頃、どうして、どのように拵《こしら》えたのだろうか。

老生の推察するところ、事の始めは一人の知情意に長けた傾《かぶ》き者の発案に係って生まれたものではないか。まわりの者たちも奇異に感じながら、やがては「珍妙、だが面白い」と思いだした。そんな経緯ではないか。しかしいつ頃かはわからない。少なくとも文字を使って日本語が書けるようになった後のことだ。これだけは言える。話し言葉からは係り結びは絶対に生まれてはこない。

図書館にいって、まずは『日本国語大辞典』(小学館)を操った。

係り結び　日本語の文語文で、文中の係助詞「は」「も」、「ぞ」「なむ」「や」「か」、「こそ」に呼応して、文末の活用語が、それぞれ終止形、連体形、已然形となることをいう。係助詞を「係り」、呼応する活用形を「結び」と称する。発生の過程は未詳であるが、奈良時代には、「こそ」の結びが形容詞の場合以外は、右の形式がみられ、平安時代には

「こそ」と呼応する形容詞も已然形となる。鎌倉時代になると係り結びの表現は乱れ始め、室町時代になると法則として教えられるようになり、以後は形式的に保たれるという要素が強くなる。（後略）

また『日本語文法大辞典』（明治書院）には、

係り結びとは、文中のある部分が特定の形で提示され、それが述語と結合して文を決定的に言い定める現象、とひとまずまとめられよう。狭義には、その述語が特別の活用形で言い終わる場合をいう。（中略）

「こそ」は対象を選択的、排他的に取り上げる。指定・強調機能は最も強い。また文主題の位置、文焦点の位置、単なる卓立点などと無関係に使用される。逆接とかかわる場合も多い。（後略）

と記されている。しかしながらわたしが疑問を持った、いつ頃、どうして、どのように、発生し、進化してきたのかについては触れられていない。前述した百科全書には「発生の過程は未詳であるが、奈良時代にはこその結びが形容詞の場合以外は已然形をとるようになった」とあるので、まずは他の係助詞は措いといてこそについてだけ思考を進めることにした。

万葉集には係り結びのこそが所々出てくる。岩波文庫本で調べてみた。

万葉集に収められた歌は、長歌、短歌、旋頭歌（和歌の一体。五七七と片歌を反復した六句体。『広辞苑』）合わせて四五〇〇首余りある。すべてに固有番号が与えられているので一番から六〇〇〇番まで、すなわち六〇〇〇首について、こそが使われている歌を数えてみたら十二首あった。一つ二つを示す。

一一八　嘆きつつ　丈夫《ますらをのこ》の恋ふれこそ
　　　　わが結ふ髪の漬《ひ》ぢてぬれけれ
五六〇　恋ひ死なむ時は何せむ生ける日の
　　　　ためこそ妹を見まく欲《ほ》りすれ

さらに成立が万葉集より古いといわれる『古事記』（岩波文庫本）も操ってみた。神代の時代を述べた「古事記・上つ巻」は六八ページを要して記載されている。その中には係助詞こそは（少なくとも）六か所にみられた。

こそを探しているうちに妙なことを発見した。すなわち四か所は会話の文言に出てくるこそであった。他の二か所は、神々が歌う長歌の中であった。

一例をあげると三五ページに（須佐之男命が荒々しく天に昇って来ること聞いて）天照大神は「我《あ》が汝弟《なせ》の命《みこと》の登り来る由えは、必ず善《よ》き心ならじ。我が国を奪はむと欲《おも》ふにこそあれ。」とのりたまひて……とある。

また長歌の中のこその例では五七ページに、

八千矛の　神の命《みこと》や　吾が大国主
汝《な》こそは　男《を》に座《いま》せば　打ち廻《み》る
島の崎崎《さきざき》　かき廻《み》る　磯の埼落ちず
若草の妻持たせらめ……

とある

古事記の文章の大部分をなす客観的描写や、事象の記述の文章のなかには全く見出せなかった。また会話中の文言も、例えば天照が口を開いて喋った言葉にしても、古事記に書かれているそのままの表現ではなかろう。今で言うならば、マイクに収録した声そのものを書いたものではない。書き手の情感を通してかく書かれたものだろう。

古事記の成立については、稗田阿礼が天武天皇の勅で誦習した帝紀および先代の旧辞を大安万侶が元明天皇の勅により選録して七一二年献上とある（『広辞苑』）。古事記の遥か以前に帝紀・旧辞と称せられている書物があった。「ウィキペディア」で一寸見《ちょっとみ》たら、日本史学者津田左右吉は旧辞は記紀の説話・伝承的な部分の元になったものであると考えており、六世紀になってそれまで口承で伝えられてきた旧辞が文書化されたと推論した。（津田左右吉『日本古典の研究』）とあった。安万侶以前に文書化された旧辞の中から、安万侶が選録して、おそらく他も加え綜合的に古事記を完成させたのだろう。

「こそ」は古事記以前の旧辞の中にすでに書かれていたに違いない。

老生まったくの素人ながらどう考えても、係り結びの技法が日常の話し言葉の中から生まれて来たものとは想像できない。古い日本語の書き言葉の中から、特にその意趣を強調するために奇妙な技巧を、誰か偏屈な奴が使ってみせたのではなかろうか。

こそは現代文でも、日常会話でも広く使われている。「マー君こそ大投手だ」、「こちらこそお世話になりました」など枚挙にいとまない。

だから〝今こそ別れめ〟でなくて、〝今こそ別れむ〟でいいではないか。ちゃんと今を強調する意図は十分である。何も結びを已然形に変えなくてもよいではないか。どんな目的、理由で〝別れめ〟に為《し》てしまったのだろうか。

古代国語学の先生にこの辺りの事情を教えていただきたいものだなぁと思っている。

Ⅱ　生を考える

怨念二話

今年（二〇一二）の正月の読売新聞に『古事記考』と題する記事が数回にわたって載っていた。筆者のなかの、Kさんという文化部の女性記者が、「古事記には女性の目からすると、納得できない部分も多い。その最たるものは、イザナギが死んだ妻のイザナミを恋しがって、死者の世界である黄泉《よみ》の国へ向かうエピソードだろう…」と述べている。

御存知、古事記冒頭の物語りだ。

〈天地《あめつち》初めて発《ひら》けし時〉より次々と神々が誕生し、生れては隠れ、また生れて、最後にイザナギとイザナミが現れた。この男女二柱の神は先輩の神々のおすすめで結婚し、オノコロ島に婚舎を設けて住み、やがて多くの国々や神々を生む。

最後に火の神を生むが、この時イザナミは大火傷《おおやけど》をして亡くなる。〈みほと炙《や》かえて病み臥《こや》せり。…遂に神避《かむさ》りましき〉。そこでイザナギは〈その妹《いも》伊邪那美命を相見《あいみ》むと欲《おも》ひ〉

黄泉《よみ》の国に追って往き、還ってきてくれと頼む。

イザナミも「ふる里に還ろうと思いますので、しばらくの間黄泉の神と話し合ってまいります。内《なか》の私を御覧にならないで…」と言って殿《やかた》の内に入った。

しかしイザナギは待ち切れずに戸口から覗いてみると、イザナミの裸体は、蛆《うじ》がたかり、胸にも腹にも陰《ほと》にも雷《いかずち》がとりつき、あさましくも醜い姿であった。

イザナギは恐れおののいて逃げ出し、黄泉比良坂《よもつひら》目指して走った。イザナミは〈吾《われ》に辱《はじ》見せつ〉と叫んで、黄泉醜女《よもつしこめ》や黄泉軍《いくさ》を多数従へてイザナギを追いかけた。

前述のK記者は、ここで「かつて愛した妻なのに、イザナギはあんまり身勝手ではないかと思えるのだ」と柳眉を逆立てた。

イザナギは恐ろしさのあまり逃げただけだ。イザナミは〝わたしに恥をかかせたわね〟といって部下達大勢と一緒に追いかけた。捕らえてどうしようとしたのだろうか。また以《も》前《と》のように、今度は黄泉の国で暮そうとしたのか、醜態を見られて、憎さ余って殺そうとしたのか。古事記にはその何《いず》れとも書いていないが、黄泉醜女や黄泉軍まで動員したというからには、夫イザナギを殺そうとしたのではないか。

もしそうなら、醜悪な裸体を見られ、口惜しさ百倍になったとしても、一寸やり過ぎではないかと思えるのだが…。

これに対抗するわけではないが、男の目からみると納得のいかない物語は数々《かず》御在《ござ》るのである。なかでも道成寺物語の安珍殺害に至るエピソードは納得しかねる。

現在《いま》の話ではない。昔の女の物語である。恋に破れた女の、その後の怨念と復讐の記録である。

能でも歌舞伎でも〝道成寺〟という演目、お馴染のお話である。

道成寺の鐘の再興供養の場に歌舞伎では、女が艶《あで》やかな白拍子の姿で現れ、鐘に対して怨みを述べて蛇体に変身する。先に逃げ込んで鐘の内《なか》に密《ひそ》む若い僧（安珍）を、蛇体で鐘を塒《とぐろ》巻きにして鐘諸共に焼き殺してしまうのである。この大蛇は怨念極まって蛇体に化身した女、清姫である。

しかし何故に怨を持ったのか、何故焼き殺したのか、その経緯《いきさつ》は、この〝京鹿子娘道成寺〟では演じられない。でも人々はその理由《わけ》をみんな知っている。江戸時代の昔から誰でも知っているのである。

この話は多分〝道成寺縁起絵巻〟などから採られた草子本や、〝日高川〟と呼ばれる三味線曲などから、庶民層やその子弟に至るまで広く人口に膾炙していたのだろう。

『今昔物語集』（岩波文庫）にもこの話が収載されている。この度再び開いてみた。脚注に次のような記述があった。

〝出展は法華験記《ほっけげんき》・下・一二九。道成寺伝説として知られ、元亨釈書・十九・安珍、道成寺縁起、日高川双紙、謡曲「道成寺」、長唄「京鹿子娘道成寺」その他に喧伝〟とある。ちなみに法華験記とは『広辞苑』に、天台宗の鎮源の撰。三巻。長久（一〇四〇〜一〇四四）年間成る。日本の法華経霊験譚を集めた説話集、と説明されている。

今昔物語集には恋に破れた女が怨念極まって若い僧を殺したことが細かく語られている。後ほど御紹介するが、わたしにはどうも納得できない。近頃の言葉で言うならば、「この女の行動はあまりにも身勝手で自己中心的」であると判断せざるを得ない。

まずは今昔物語集のこの段を抄記したり、また拙訳を加えながら、お話の筋をお伝えしよう。

『紀伊の国の道成寺の僧、法花《ほけ》を写して蛇を救える語《こと》　第三』

今昔《いまはむかし》、熊野に参る二人の僧有けり。一人は年老たり。一人は年若くして形皃《ぎょうみょう》美麗なり。牟婁《むろ》の郡《こおり》に至りて、人の屋を借りて、二人共に宿《やどり》ぬ。其の家の主《あるじ》、寡《やもめ》にして若き女なり。女従者二三人許《ばかり》有り。

(訳) 今では昔話だが、熊野三山に参る二人の僧がいた。一人は老僧で、もう一人は若くて美麗な容貌の僧であった。牟婁の郡（尾鷲市付近）に着いて二人は宿をとった。その女主人はまだ若い未亡人で、使用人の女が二、三人ほどいた。

此の家主《いえのあるじ》の女、宿《やどり》たる若き僧の美麗なるを見て、深く愛欲の心を発《おこ》して、懃《ねんごろ》に労《いたわ》り養ふ。而《しか》るに、夜に入て僧共既に寝《い》ぬる時に、夜半許に家主の女、窃《ひそか》に此の若き僧の寝た所に這《は》ひ至て、衣を打覆《うちおおい》て並び寝て、僧を驚かす。僧驚き覚て恐れ迷ふ。

(訳) この家の女主《あるじ》は、宿をとった若い僧がこの上もなく美男だったのを見て、身も心も魅せられてしまい、心づかいも細やかに客僧をもてなした。

そこで夜半僧が寝静まった頃、主《あるじ》の女は、そおっとこの若い僧の寝所に忍び込んで、女は着ていた着物を脱いで僧と自分の上にかけ、寄り添って寝《やす》み、僧の目を覚まさせた。僧は驚き、慌てふためき、為す術《すべ》に迷った。

このあと、女は瞳を濡らしながら、身悶えして掻き口説くのである。

「今夜貴方さまをお泊めするのは、昼間お目にかかった時、きゅっとなって身も魂も奪われてしまったのです。どうか夫婦《めおと》になって下さいまし。私は夫を失《な》くして独り身でございます。何とど哀れと思し召して」。

若い僧はこれ聞いて、驚きと恐れでとび起きて女に言った。

「私は宿願があって日頃心身の精進に努めており、明日、遠路遥々旅して権現様にお参り致すのです。そのまえに急にここで願を破ることはなりません」。

と諭すのだが、女は涙ながら恨みを訴え、僧に抱きつき、纏《まと》わり付いて終夜《よもすがら》誘惑の限りをつくした。僧は言葉を極めてなだめすかし、終《つい》にこう言った。

「私は貴女のお申し出を一途に嫌だというのではありません。ですから、明日から二、三日熊野の権現様にお参り、お籠りして、帰途またこの宿に立ち戻り、貴女のお心に随いましょう」と約束をした。女は僧の言葉を胸に、心ならずも離れていった。僧は夜明けをまって旅立ち、熊野に向かった。

その後、女は約束の日を計《かぞ》えて待ち焦がれていた。若い僧は帰りがけに再会を約束したが、女の徒ならぬ執心を恐れ、寄らずに他の道を辿って逃げ去った。

女は僧を待ちわびていたが、約束の日を過ぎても現れないので街道に出て、熊野方面から帰ってきた旅人に尋ねたところ、旅人はそのような様子の僧は、二、三日前に会ったが、先に下山してしまっていると言うのであった。

女は家に帰り、寝屋に籠り、怒りと怨みに打ち拉《ひし》がれて、死んでしまった。だがやがてその躯は見るみる五尋《ひろ》ばかりの毒蛇に変身して、家を出て凄い形相で熊野からの帰り道に沿って追走した。

牟婁《むろ》の郡《こおり》を迂回して旅を続けていたかの二人の僧は後から来た旅人から聞いた。「この後の方で奇怪な事件が起こった。五尋もある大蛇が現れて野山を疾走していた」と。

二人の僧はこれを聞いて「定めてあの家の女が、吾らが約束を違えて参詣の帰路に立ち寄らなかったので、悪心を起して毒蛇に変身して追って来たに違いない」と恐怖に怯えて疾走また疾走し、道成寺という寺に逃げ込んだ。

寺の僧たちは訳を聞いて、早速鐘を取り降ろして若い僧を鐘の中に籠め居《す》えた。老いた僧は寺の僧と一緒に隠れた。

しばらくすると大蛇が現れ、門を乗り越え、鐘堂の扉を尾で叩き破って進入し、蛇体を幾重にも鐘に巻き付けて、尾で龍頭を三時《みとき》の間叩き続けた。

やがて毒蛇は両眼より血の涙を流して、頚《くび》をもち上げ舌なめずりをして、もとの方に去っていった。

寺の僧が恐る恐る近づいて見ると、大鐘は蛇の毒熱の気に焼かれて、炎々と火を上げていた。大急ぎで水をかけて冷して、鐘を取り去って内なる僧如何《いかん》とみると、僧は焼け失せて、骸骨さえも無く、わずかに灰を残すのみであった。

以上が今昔物語が語る道成寺譚《たん》の前半のあらましで、恋に破れた女の怨念のお噺である。しかしよく考えてみると、この恋は女の全くの片恋《かたおもい》、いや押付恋《おしつけおもい》である。修行中の清僧が困惑極まって、仏法でいう方便に頼ったのである。熊野権現に参籠の後《のち》、再会を約束したが、それは方便として頷けよう。女は性的暴力を行使して和合を求め、また再会の約束を強いた。その約束を破ったとして僧を焼き殺してしまったのである。理屈の上から言えば何とも不条理な行為だ。納得がいかないと考えるのは当然であろう。

待て、しかし、道成寺もイザナミも物語である。お話や文学は一途な怨憎や不条理な復譬を糾弾するだけではなく、たとえ身勝手な怨嫉《おんしつ》でも人間の心の奥に密む直向《ひたむき》な心情を佳《よ》しとして〝ひとのあわれ〟を伝えようとするものだ。冷めた心での批判は野暮かもしれない。

眠る・生きる

不思議な話である。到底老脳の理解するところではない。昨年の初夏のことである。

千葉市の大賀公園にある池には蓮が群生しており、今年も一斉に咲き出して、初夏の公園の景観に美しい色彩《いろどり》を添えた、とテレビのニュースが伝えた。そしてこれらの花は二千年も前のハスのタネが、今から六十年ほど前に人の手によって発芽、開花したものである、とも伝えた。

この話は、何年か前にも聞いたことがあって、生命の不思議さにおどろき、またどうしてそんな長い間、生き続けられたのだろうかと脳《あたま》を悩ませていた。

農学博士の田中修氏（『タネのふしぎ』サイエンス・アイ新書）によれば、一九五一年、千葉県検見川の弥生時代の遺跡から、ハスのタネ三粒が発掘された。そのタネは発芽し、そのうちの一本の芽生《めば》えが成長して花を咲かせた。このハスは、それを栽培した大賀一郎博士の名前にちなんで「大賀ハス」と名づけられたのである。

約二千年も前のタネが発芽するというのは稀有な例かもしれないが、五百年や六百年前のものが発芽したという例はかなりあるそうである。一九九一年、足利市の法界寺跡から出たシラカシのタネや、宇治市平等院鳳凰堂の庭園からのツバキのタネなどの発芽が知られている。

これらの特異な生命現象はいわゆる「休眠」と称せられているものなのだろうか。それにしても千年、二千年というのは余りにも長い眠りではないか。また少し調べてみた。

〔生物の休眠〕 休眠とは生物が、直接に外部の環境条件によっておさえられたのではなく、その体内の生理的調節機構によって成長あるいは成熟を停止している状態である。例えば昆虫は冬季、低温になると成長というような生理的活動を停止してしまうが、実験的に加熱するとこれらの活動を再開するものがある。しかし多くの昆虫類は加熱しても活動を再会せず、一定時間を経て活動を始める。前者のような場合は単なる環境条件による発育停止であり、後者の場合が真の休眠である。

〔種子の休眠〕 野草種子の中には、発芽のために必要と思われるすべての条件を与えてもなお発芽しない状態の種子を含むことがある。これらの種子は一定期間発芽もせず、死滅もすることなく生き続けて、即ち休眠していて、そのうち、発芽に必要な条件が揃えば発芽する。このような種子を休眠種子といい、その期間を休眠期間という。

種子を休眠状態におく生理的・形態的な原因は種《しゅ》によって異なる。生産された種子集団の中に休眠種子が含まれていることは、その種子集団が一斉に発芽して、土壌中の種子がすべて消費されつくしてしまうことを防ぐ結果となる。これによって、芽生えや若い個体がその後の過程において、環境作用によって枯死しても土壌中に残っている休眠種子によって補充され得るのである。

休眠という現象も、生体が数多く示すところのいわゆる生命現象の一つであることには間違いない。では「生命とは何か?」という問いを受けてもすぐには返答ができない。

『広辞苑』には「生命とは生物が生物として存在し得るゆえんの本源的属性として、栄養摂取・感覚・運動・成長・増殖のような生活現象から抽出される一般概念」とある。

「ああ、そうかわかった!」というわけにはいかない。書店を歩いたり、図書館に行ったりした。

「生命とは何か」と人の目をひく書物はかなり沢山ある。なかでも有名なのはE・シュレーディンガーの『生命とは何か（WHAT IS LIFE ?）』だといわれている。邦訳の岩波文庫本がある。

本屋で取り寄せてもらったが、難解である。というより私の物理学の知識が乏しいためにほかならない。

図書館には『生命とはなんだろうか』（J・ド・ロネイ著　菊池韶彦訳、岩波書店）という分厚い本があった。わかりやすいので、それを引用してこのあと述べることにする。

以下に挙げた特質は非常におおまかな生命の特徴にすぎない。「生命」の特質を物理化学的な立場からみて満足のいくように定義しようとするのはとても微妙な問題である。

〔個別性〕

どのような小さな生物でもすべて膜によって仕切られた一個体である。全体として、独立に生きていく単位を形成している。

〔栄養〕

増殖したり、生きるための化学反応を保っていくのに必要な食料を作ったり、吸収したりして生命を維持している。これらの食料は同化される。すなわち食物を接種した生物が持っているのと同じ物質になる。

〔呼吸と発酵〕

ゆっくりとした燃焼反応により、食料中のエネルギーを細胞が使えるエネルギーに変える。

〔生殖〕

すべての生物は自分と同じコピーを作りだすことができる。この分裂の機構は、核酸の性質によっている。

〔進化〕

生きている生物は、突然変異の機構と、自然選択の結果、進化することができる。（以下略）

わたし達の目的は最も基本的な生命の起源と機能をたどることである。そこで、生き物の基本となる三つの機能は何かというと次のように思われる。

（一）栄養、同化、呼吸や発酵といったエネルギー反応によって生命を維持していく能力。

（二）生殖により生命をふやしていく能力。

（三）全体的な反応の協調、同調、調節、制御により自分自身を管理する能力。

この基本的な三つの機能を行うことができる最小限の構造が、生きた細胞である。

ところで大賀ハスのタネの場合はどうなんだろうか。休眠状態で過ごした時間は二千年である。この間に生き物の基本となる三つの機能はずぅーっと保持されてきたのだろうか。エネルギー反応によって生命を維持してきたのだろうか。もちろんわたしには何もわからない。

それでもわたしなりに想像をたくましくしてみた。このあとで述べるところはいわゆる全くの「素人考え」である。

大賀ハスのタネの中身を構成している細胞群、特に胚を形成している細胞群は、二千年前の早い時点で無生物化して、いわばただの物質になった、分子の塊りになって時間を過ごしてきたのではないか。細胞内では物質代謝は行われていなかったのではないか。

言語道断、荒唐無稽とお叱りを受けるかもしれないが、一方ウィルスでは結晶化することがあることが知られているのである。
一九三五年にアメリカ人の化学者スタンレーがタバコモザイクウィルスを結晶化するのに成功した。通常の顕微鏡のもとで、化学者がよく実験室で観察している結晶と全く同じように小さなキラキラ光った針状の形になった。動きもしないし、増えもしないし、異物を同化することもなかった。それは生きていなかった。
ところが、何回も再結晶を繰り返したあとでさえ、この化学物質の粉末を水に溶かすと、感染力が完全に回復するのである。実際、この溶液を一滴緑色のタバコの葉の上におくと、その植物は間もなく感染した徴候を示すようになる。というのは、ウィルスが非常に速い速度で増殖するからである。（ロネイ『生命とはなんだろうか』）
また、つい最近刊行された、池田清彦『不思議な生き物』（角川学芸出版）には、クマムシという生き物の不死身さ加減について述べられている。（以下抄記）
このムシは世界中にいて、大きいもので〇・五ミリくらい。節足動物に似た形をしている。ゆっくり乾燥させていくと、通常は七〇～八〇％ある体水分含有率が三～五％ぐらいになるまで乾燥する。ひどいときは〇・五％にもなったという。
この状態を調べてみると、代謝はまったくしていない。では死んでしまったのかというとそうでない。水一滴垂らすと、たちまち元に戻るそうだ。

また休眠状態のクマムシを調べてみると、水が抜けると、代わりにトレハロースという糖を作り、それを媒質にして分子の位置関係を保持する。タンパク質もＤＮＡも壊れず、分子相互の位置関係も変わらないままただ縮退していく。トレハロースは糖なので、水を加えるとクマムシは水でそれを解して栄養にして生き返るのだ。と、このように記述されている。

大賀ハスのタネが長い長い休眠期間を過ごしたのが、いわゆる自然休眠であれ、はたまた、低温、高温、乾燥など環境条件が成長に適さないことに起因する強制休眠であれ、この長すぎる休眠は、胚の細胞群がクマムシと同じように、乾燥等によって物質（分子群の塊り）化し、今日になって発掘されたあと水分や光やその他の供給を受け、細胞内外の分子群の間に化学反応が再開した。そして休眠から覚めて生き返ったのではなかろうか。

寸見　古代ギリシャ医学

『禁欲のヨーロッパ・修道院の起源』（佐藤彰一著・中公新書）という本を読んでみた。新聞に紹介されていたからだ。佐藤先生は、西洋中世史家で名古屋大学名誉教授だということだ。

キリスト教の修道院の起源とその展開が詳細に述べられているが、キリスト教がローマ皇帝に公認（三一三年）されるや、修道制が燎原《りょうげん》の火のごとく広がり、キリスト教徒の心を捉えるにいたった。どうしてか？　それを解明するには、修道制が出現する前段階での古典古代社会における、禁欲を含めた節制と肉体統制の思想に考察を広げ、人びとの心性に分け入って明らかにする作業が必要だと著者は言っている。そのために、第一章は「古代ギリシャとローマの養生法」と題した著述からスタートして、古代ギリシャとローマ時代の医学、とりわけ婦人科、産科に関する事象を詳細に明示されている。

ところでわたしは、修道院や禁欲についてのことよりも、古代の医学とはどんなものか知りたいと思った。ヒッポクラテスやガレノスが医聖といわれていることは知っていたが、具体的に彼等がどんな著述を残しているのか、どのような医学内容を後世に伝えているのか、というようなことは全く知らなかったからだ。

著者の佐藤先生は医学者ではないが、古代ギリシャ、ローマの医学、医療、特に妊婦や出産に係る当代の医者や一般人の持つ知識や思い込みなどを詳しく述べられている。

このあと、著書の中から、わたしが特に興味を覚えた古代の医学、医療上の事象を、皆様方にも御紹介したい。内容はすべて、この著書の詳細な記述から抄記したものである。

古代医学論の集成

古代ギリシャの優れた医学知識は、紀元前五世紀から前四世紀にかけて活躍したヒッポクラテスの名前と結びついている。今日まで伝来している『ヒッポクラテス医学論集成』は、実は紀元前六世紀から紀元前後の時代までの、さまざまな時代の作品を集めたもので、ヒッポクラテスの医学論の純然たる再現ではない。とは言え、これによって古典期ギリシャの医学と身体観を知ることができる。

古代世界の医学のもう一つの巨大な作品はガレノスの『医学論』である。彼は西暦一六九年から一九二年にかけて、ローマ皇帝府の公式の典医としてマルクス・アウレリウス帝とコモドゥス帝に仕えた。ガレノスの作品は、二世紀の末頃彼自身が書き記したものであった。その総量たるや膨大で、一九世紀の刊本で二〇巻に達する。

四世紀の末、皇帝ユリアヌスの侍医であったオレイバシオスは、帝の求めに応じて、前二者等の著述を下敷きにして引用集成した古代医学総集編ともいうべきものを編纂した。

古代ギリシャ人の理想的生活規範

オレイバシオスは身体を理想的な状態に保つための生活規範として、
起床は夜明けの少し前。首筋を摩擦し、排泄をした後、体にオリーブ油を塗布し、静かに体の関節全体を動かしてほぐす。
時間に余裕のある者は冬には二キロほど歩き、夏には一キロを歩く。

ギムナジウムで体の鍛錬をする時間まで、自分の仕事をする。

その時間が来たらギムナジウムに出かけ、体操その他の鍛錬をしたり、沐浴をしたりする。

続いて軽い昼食を摂《と》り、涼しいところで昼寝をする。その後再び仕事に戻り、散歩し、休息する。

そして再びギムナジウムに戻り体を鍛え、冷水浴をする。

夕食を摂るのは昼食を完全に消化したと確信できる時間であり、ふつうは日没の直前である。


と述べている。

この時代はギリシャ古典期に属し、身体の鍛錬による肉体の維持の理想はあらゆる面で見られた。オレイバシオスの著作には、休息、睡眠、散歩、身体訓練ばかりでなく、会話や演説、知的活動なども挙げてある。そして一日の活動の締めくくりとして、適度の性行為が勧められている。

古代医学における性行為とプネウマ理論

古代医学での性行為についての科学的認識は、プネウマ理論とも呼ぶべき独特の生命観によって支配されていた。プネウマとは気（空気）を意味するギリシャ語である。まず生命活動のもっとも明白な証拠は呼吸であり、それはプネウマを体内に取り入れる活動である。男性の精液は生命を伝達するが、当然のことながら精子はこのプネウマを伝えている。したがって精液はそれ自体生命を有しているのだという認識である。

古代医学における女性の肉体

古代において女性の病人を看護し、治療する存在として、（産婆と仮に呼んでおくが）そうした女性の民間治療師が大きな役割を果たしていた。医学論を残した古代の医師たちに、女性の肉体について情報を与えたのは、この産婆層であったとされる。実際古代の医者にとって生きた女性の肉体は、未知の世界であった。女性達は難産や死産のような異常分娩の場合でも、医師を近づけず、女性が互いに助け合って処置し、医師といえども男性はその場から排除された。

ヒッポクラテスが古典期のギリシャ女性について証言しているところによれば、女性は互いに体を検査し合い、疣《いぼ》や肉腫を相手の体に見つけて、焼きとることなどもしたとされる。出産の処置のおりなどは、女性たちは産婆の質問に応じて、妊婦の体を検査し、子宮の位置異常、前屈、後屈、子宮硬化症、拡張や閉塞などを見て取る。

これは実際の観察に基づく女性の科学であり、ヒッポクラテスの『集成』は、女性の肉体についての部分はそれをひき写しただけであった。

医者にとって女性の肉体は近づきがたいものであり、たとえばガレノスは女性の生殖器官の解剖学的知識をオナガザルの解剖で得た所見から類推したのであった。

女性の生殖器の解剖学的考察を行った古代の医師の研究の目的は、ただ一つであり、またその動機は単純明快であった。

その目的とは女性のスペルマ（卵子）の作用を明らかにすることであった。その結果彼等は、女性の肉体は子供の誕生に二重の寄与を果たすと結論づけた。

第一に女性の胎盤は子供の種子を定着させ、分娩までの時期を育てるという役割。第二に（こちらがより重要なのだが）女性自身がスペルマを分泌し、そのスペルマは夫のそれと同じくプネウマの運び手であり、子供に呼吸＝生命の素を与えるという役割である。生命誕生の機能的メカニズムの理解においても、女性の肉体が、男性のそれとのアナロジーでとらえられていることがここからわかる。

こうして古代の医師たちは、男性のスペルマ（精子）と女性のスペルマ（卵子）の二種類の実在を確信し、それぞれの作用について論述することになる。彼等は性愛的な夢によって、男性ばかりでなく、女性もまた夢精を経験すると信じた。ヒッポクラテスの『医学論集成』に収められた「不妊症について」と題する論述は、当時のギリシャの婦人たちが、妊娠のための最良の措置は、頻繁に夢精状態にあることと信じていた事実を窺わせている。

女性の欲望と、妊娠に不可欠の女性の感ずる快楽とは、当時の医学論のいたるところに姿を現している。受胎、妊娠こそ女性の病気にとって、最良の治療法と見られた。「妊娠している女性は健康で、溌剌とした女性である」、というヒッポクラテスの言葉は、女性の病気はことごとく生殖器官と結びついているという、ギリシャ医学の身体観をあらためて認識させてくれる。

このほかにも、数多くの身体観や、当代の医療実態が述べられており、まことに興味深いものがあった。

寸見　古代日本医学

はじめに

先に古代ギリシャ医学についてごく一部を覗いてみたので、やはり日本の古代医学についても些《いささ》か目を向けねばならないと感じた。

頼りにする書物は、と思案するまでもなく、すぐ頭に浮かんだのは富士川游先生の『日本医学史』である。この書物の名は、学生時代から知っていたが、今日にいたるまで接したことはなかった。図書館にいってみたが、この書はなかった。

しかしながら同じ富士川游著『日本医学史綱要』という小冊子があった。『日本医学史』が刊行されたのは明治三十七年（一九〇四）であり、その序言のなかで先生はこう述べられている。

たとい粗本《そほん》のものにしても、体系的に我が邦の医学の歴史を叙説せるものが必要であると信じて、余はさきに刊行したる『日本医学史』よりして、その綱要を抜粋し、これを日本医史学会発行の『中外医事新報』に連載した。（中略）今一冊に纏めて、これを世に公にすることにしたのである。

このように要領よく、短くまとめられたもののほうが、わたしにとってはより上等と思って借りてきた。まずは古代の部分を通読してみて、ギリシャとの違いに驚いた。古代、日本において熟読せられた医書はすべて、隋唐よりの舶載物であった。後刻述べるように、今に残る最古のものは『医心方』（九八四年）だそうである。ところで今回も前回同様この『日本医学史綱要』の著述するところから、私なりに要点と思われる部分を抄述して、御紹介しよう。

（原文は和漢混淆《こんこう》の文語文なので、筆者が口語文にして抄記した）

神祇時代の医学

神祇時代の事情を伝える記録で、今までに存在するものに「古事記、日本書紀、風土記」と三種がある。これらの載籍中、神祇時代の事を記録した物は、神話と歴史と混雑して、事実の真相を知るのは大変困難である。

また医術に関する部分は、もとよりわずかなものだが、それでも、その部分を窺えるものもある。

医人の鼻祖

歴史家は日本書紀の記載から大己貴命《おおあなむち》と少彦名命《すくなひこな》の両神を以って我が邦医学の鼻祖（＝元祖）としている。しかしながら両神が医方（＝医術）に関して為された事跡は、大穴牟遅《おおあなむち》が創傷に対して蒲黄《ほおう》（がまの花）を貼付《ちょうふ》することや、また火傷に対して赤貝を黒焼して塗布せよと教えたこと、二神が酒の醸法を改修し、酒をば一部分、薬物として用いられたこと、および二神が温泉浴という治療の法を施されたことなど数項に過ぎない。思うに、この両神は、その当時すでに行われていた治療法を施行したのだろう。したがって、医方の鼻祖とすべきでなく、国史に明記されていることから、これを我が邦第一の医人とすべきだと思う。

神祇時代の医術

神祇時代の医術は、疾病は神の意に因るものと考えられていたので、先ず用いられたのは祈祷である。すなわち占合して〔鹿の肩骨に刻し、樺皮を以ってこれを焼き、その粉末の状を見てこれを判ずるなり〕神の教えを仰ぐを旨とし、歌舞して祈祷し、神の意を調和することで治療の方法とした。

禁厭《きんえん》の方法もまた治病に用いられた。禁厭は、まじないと訓じ、解除《はらえ》、祈祷《いのり》の類をすべて含む。よって、療病と禁厭とは並び行われた。

薬物内容

病を療するに、祈祷、禁厭、さらに一歩を進めて薬物を内用するに至ったのは、禁厭の始まりの時代からそう遠く距たった時期ではなかった。しかし、病は神の意に基づくとしたことから、薬物の内用も禁厭の意思に沿ったもので、初めよりその薬理学的効用を求めたものではない。

〔仲信友の説『方術言論』に、「病を癒《いや》す薬食《ものくら》も、いひもていけ行けば病を禁厭《まじなひ》除《さ》らしむる術ながら、其術を行ふをくするといひ、其術によりて食ふ薬を久須利《くすり》と伝へるなり」といい、その方は、もと神の幽事《かみごと》にてあるが中にも、現身《うつしみ》に触れてまのあたり奇《くす》しき貴き術なれば、その術を行うをくすし、くすすなど云い、その術によりて内用するものをばくすりと言えるものなるべし）

薬物

先に、大穴牟遅、小名昆古那《すくなひこな》（＝少彦名）、両神が酒を薬物として用いたと述べたが、酒のほかに、薬物として応用されたものは、おもに草木の皮、根、果実および葉と、一、二の動物や、その臓器であったことは、推定するに難くない。

試みに古事記の神代巻に載せられた植物、動物は甚だ多く、植物には、葛《くず》、比々羅木《ひひらぎ》、樺、桃、…、動物には鶏、千鳥、鴨、…、兎、猪、蜂…等がある。

外科

創傷に対して、出血を止め、疼痛を鎮めるために一定の薬物を塗布した。大穴牟遅神が赤裸な白兎を治したように蒲黄をつけさせ、焼石で火傷を負ったときに蛤《きさがい》を焦がして、水で母乳汁のようにして塗り、治療させた。

やや後の代になってからは、塗抹、外敷のほかに、刺鍼《ししん》の術も行われたものと思われる。神祇時代にはすでに鍼《はり》もあったので、膚肉に針を刺して血を取ることもあったろう。

産科

伊邪那美命のとき、すでに産室の備えはあった。お産をするときには必ず新たに家を建て、これを産屋《うぶや》とし、産が終われば火を以って室を焚いた。助産に関する技術もすでにこの頃にはあったと思われる。

児科

木花開耶《このはなさくや》姫《ひめ》のお産のときは、竹の刀で、その児の臍帯を切断した。また児は乳母によって育てられたとある。

水浴療法

身体の汚穢を祓除《ふつじょ》する意向で沐浴が行われた。温泉に浴して病を医することも、大穴牟遅、小名昆古那神の頃に始まった。このようなことは続日本紀に引かれている『伊豫風土記』の文に徴しても明らかである。

（このあとは「奈良朝以前の医学」と称する第二章に続く）

兼好《けんこう》と兼好《かねよし》

兼好の実像・虚像については、今まで多くの研究者が詳述している。最近読んだ川平敏文氏の『兼好法師の虚像』（平凡社選書）という本には、南北朝の公卿の書いた日記「圓太《えんたい》暦《れき》」や、南朝の遺臣が遺した「吉野拾遺」という書物が、兼好の実像を得るためには大変参考になる資料であると述べられている。

素人のわたしは、そんな難しい書物を調べるようなことはしないが、兼好自身が書いた『徒然草』そのものから彼の人物像の一部分でもいいから推測できないものかと思った。

『徒然草』に兼好が自分自身のことについて書きつづった章段はわずかに二章段のみで、二三八段の「御随身近友が自讃とて」と、終筆の二四三段、「八つになりし年」とがそれである。後者は兼好が八歳のときの自身の思い出話である。「仏さまというのはどんなものなのでしょうか」と父に質問し、どんどんと深く問い続けたので父親が困ってしまったという話である。幼い頃より兼好の聡明さ加減を実感せざるを得ない。しかしこれは子供のときの兼好であって、わたしの知りたいのは大人の兼好である。

前者の擱筆直前にかかれた二三八段は彼自身が、女性とやりとりをしたことを書いた唯一の章段で、よく読むといろいろと問題があり、なかなか興味深い。わたしの妄想が嫌が上にも湧き上がってきた男と女のエピソードである。

ところで妄想という言葉は経文《きょうもん》にある言葉で、妄想《もうぞう》（妄ニ分別シテ、種種ノ想ヲナスコト。『大言海』）と読むのが本当らしい。なるほど、今のわたしの想いにぴったりなので、勇んで妄筆を進めることにする。

ほろ苦艶笑譚

二三八段は「御随身近友が自讃とて」という書き出しに続いて、自分もあえて、近友に習って自賛を七つ書くといってかいた章段である。自賛というのは作者の個性がよく現れてくるものなのだそうである。

この段にかかれた七つの自賛というのは、一．馬術のたしなみ、二．経書についての記憶のよさ、三．漢詩における正確な知識、四．書道への教養、五．仏教知識について、六．目敏い視力、七．女性に関する或種の話、の七つである。

七つ目は女性の誘惑を我慢したのを自賛のなかに入れているのであるが、何を自賛したのかわたしはよくわからない。しかしものすごく面白い。次にこの第七話の原文と口語訳を御紹介する。訳は私の妄想を交えたかなりあやしいものだが……

二月《きさらぎ》十五日、月明き夜、うちふけて、千本《せんぼん》の寺にまうでて、うしろより入りて、ひとり顔ふかくかくして聴聞し侍りしに、優なる女の、姿・匂ひ、人よりことなるが、わけ入りて膝にゐかゝれば、にほひなどもうつるばかりなれば、便《びん》あしと思ひて、すり退きたるに、なほゐよりて、同じ様なれば立ちぬ。

その後、ある御所さまのふるき女房の、そゞろごと言はれしついでに、「無下に色なき人におはしけりと、見おとしたてまつるなんありし。情なしと恨み奉る人なんある」とのたまひ出したるに、「更にこそ心得侍らね」と申してやみぬ。

この事、後にきゝ侍りしは、かの聴聞の夜、御つぼねの内より人の御覧じしりて、候ふ女房を、つくりたてていだし給ひて、「びんよくは、言葉などかけんものぞ。その有様参りて申せ。興あらん」とて、はかり給ひけるとぞ。

（拙訳）

大分昔、ある年の二月十五日のこと、月の明かな晩でしたが、千本釈迦堂*にお参りにいきました。わたし独りでお堂に入って後のほうから少しすすんで坐り、顔を頭巾で深々とかくして法会を静に聴聞《ちょうもん》しておりました。

しばらくすると、年頃さほど若くはないが艶やかな女性《にょしょう》が人を分けてするすると入ってきてわたしの傍《かたわ》らに坐ったのです。面ざしといい、姿といい、薫きこめた匂いといい並たいていの女性《にょしょう》ではありませんでした。

彼女も初め静かに聴聞しておりましたが、やがて少しずつこちらへ躙《にじ》り寄ってきて、坐ったわたしの膝のあたりにそっと袂でかくした手をおいて、腕、肩をともに凭《もた》れかけてきたのです。艶やいだ女の黒髪も間近で、女の肩の肌《はだえ》の柔らかさも衣を通してわかるほどでしたので、えならぬ移り香がわたしをも染《し》むのではないかと心配になりました。

これはちと具合悪いのではとおもって、坐を少しずらして離れたのですが、なお摺り寄ってきて前と同じように躯を寄せてくるので、わたしは黙ってすっと立って坐をあとにし御堂を出たのです。

その後或御所に長年仕えている年配の女房どのと或る時、とりとめのない世間話をしたあとで、ふいっと想い出したように、わたしにむかって、

「兼好御坊、貴方さまのことをからっきし色ごころのおありにならぬ野暮法師とお見下げ申したことがありましたのよ。ある女《ひと》が『つれないお方だわ』と恨み言を申していましたのよ」と好奇のいろをうかべて申されたのです。

わたしはそれを聞いて、ふと思い入れのあと「何のことでしょうか、一向にわかりませんが」と答えましたが、それだけでこの話は終わりになってしまったのです。

後日聞いたところでは、あの釈迦堂での聴聞の夜、貴賓席においでになったいた或るお方が、わたしの居るのをお見つけになったらしいのです。そしてお付きの女房を丹念におめかしさせてから、わたしの坐っているすぐ横に坐るようお命じになり、そのうえに「摺り寄って気を引き、うまくいったら口をきいてごらん。そのときのあの御坊の様子、受けこたえなどの有様を帰ってきてから報告なさいな。どんな面白いことがあるかもよ」と言ってわたしをお謀りになったのです。ほんとうはわたしが失態をするかもしれぬ様子をひそかに望まれておられたのではないかということでした。

＊瑞応山千本釈迦大報恩寺と称し、一二二七年、義空上人（藤原秀衡の孫）の開創、京都最古の

国宝建造物、応仁・文明の乱にも焼けのこった。

聴聞の夜の美女と法師の一場面である。兼好は明らかに痴漢ならぬ痴婦をされたのである。痴漢・痴婦行為というのは異性から肩や胸や尻をさわられることをいうようである。男女の間で同じ行為をしても、男からすれば痴漢行為になり、現場でも、テレビでも大騒ぎになる。でも女からする場合は何事もない。痴婦行為だって無いことはない。男はそれを極めて不快とは認識しないだけだ。女は特定の男に、特定の時空で行為されればえならぬ快感を感じ、それ以外では同じ行為でも嫌悪を感じる。

「いやーねぇ」といって男の肩や胸を叩くことがよくある。男が「やぁー、君」といって肩を叩くと痴漢になる。

満員電車内では被害妄想的な女もなかにはいる。あるいは声すらかけられたことがいままで全くなかった女が、その無自覚的悲哀から無辜《むこ》の男を陥しめることになることもあろう。男は、構えて満員電車には乗らぬことだ。

—閑話休題—

出家後の一夜

千本釈迦堂の聴聞の折、兼好はすでに出家の身であったのだろうか。徒然草全段の記述からは確認することはできない。専門家達もそれを特定する資料を持っていないようである。

わたしの推測では兼好はその折、出家の身であったと思う。推理の根拠が二つある。

一つは二三八段の本文中に「ひとり顔ふかくかくして聴聞し侍りしに」と書かれている。兼好は出家前は宮廷に仕える武人であった。江戸時代の武士が頭巾や覆面をした図はよく目にすることはあるが、戦国武将の図像などには見られない。上杉謙信の頭巾で顔を蔽っている絵などはよく見るところであるが、謙信は若くから出家していたのである。

さらにそれより昔、鎌倉・室町期の武士にも頭巾などを使用する習慣はなかったのではなかろうか。これらのことよりわたしは当時兼好は出家後であり、その夜は顔を僧帽で深くかくしていたものと推測する。

もう一つは、後日談として「かの聴聞の夜、御つぼねの内より人の御覧じしりて」と兼好は述べている。兼好を見知る貴人が居合わせたのだ。彼が歌人として名をなし、貴人仲間にも顔を知られるようになるのは、出家（三十歳頃）のあとかなり経ってからであろうと思われる。このようなわけで、わたしは聴聞の夜の兼好は法師であり、僧衣、僧帽をまとっていたものと考えてよいと思っている。

自賛の種《たね》とは

残念なことに僧であるからには美女の誘惑にものるわけにはいかない。据膳食わぬ恥にも耐えねばならぬ。衣を通して女の柔肌や、垂れ髪の匂いから退くようにして席を立っても、彼の衣が墨染であるからには当り前のことだ。自慢話にもなりようがない。

それならば何故七つの自慢話の取りに、色っぽく摺り寄ってきた美女の誘惑から逃げた話をもち出してきたのだろうか。当時の坊主どもは道心堅固ならぬものが多く、こんな場面でも手を握り返したり、膝うえをさわったりしたのだろうか。だから俺だけは違うと言いたかったのだろうか。まさかそんなことはあるまい。いずれにしても兼好の美女対処の一件は自賛の種《たね》とはならない。

ところで彼は七つの自賛の最後にこの話を入れているが、前の六つの自賛話は明らかに自分の優れている点を自慢しているし、その際居合わせた人々が兼好を「こりゃ凄いや」と感心したことについても記述している。

しかしながら七つ目のエピソードは自慢の言葉もないし、また係わったものたちの驚愕も賛嘆も書かれていない。妄《みだり》に勘繰れば、彼は密かに、僧形といえども秀麗なる眉目のため麗人の魅了されるところとなったことを自賛したかったのだろうか。いやこれも違う。兼好は後日談として、ある貴人の謀略であったことを告白しているので、かかる妄想は成立しない。

素直に案ずるなら、どうも彼は自賛話としてではなく、ただ昔はこんなことがあったんだよと書いただけなのではなかろうか。そのつもりで読むと、兼好があえて話を面白くしたような誇張や技巧が感じられる。

例えば「優なる女の、姿・匂ひ、人よりことなるが」と女の艶麗さを最大級に紹介している。暗くて混みあっている堂内で、一瞬の間に、しかも横からの視線のみで、こんなに詳細に女の容姿、匂いまでを観察することは至難のわざであろう。

ちなみに「膝にゐかゝれば」のゐかくとは居懸くのことで、坐るとき、衣服の一部を隣の人の上にかけることを意味する。

また「候《さぶろ》ふ女房を、つくりたてていだし給ひて」についてもひと言いわねばなるまい。つ、く、り、た、て、るほどのお化粧品、道具を持参して、法会の聴聞に罷りくることはあるまい。またとぼしい数の火影しかもたぬ暗い釈迦堂の何処《いずこ》で作り立てるほどの濃《こい》化粧をいたす場所があったのだろうか。

わたしはこの物語の興をいやがうえに添えるべくした兼好の文学的誇張であり、彼の手慣れた手管であろうと思う。つまるところ読者に対するサービスなのであろう。

春の夜を　兼好緇《し》衣《い》に恨みあり

（夏目漱石の熊本時代の句だそうだ。緇衣とは墨染の衣のことである）

兼好《かねよし》の恋

出家前の卜部《うらべ》兼好《かねよし》には、近頃の小説の恋物語にも引けをとらないような優にして、並ならぬ恋の遍歴があったのではないか、いやあったに違いない。

『徒然草』のなかには、色好みや恋のこと、女の心理のこと、さらに女の肌や黒髪や匂いのことなどかなり数多く書かれているが、このような話題はみずからの経験なくして、かくも細やかに書けるものではなかろう。大正期の文士の私小説のように、『徒然草』中のいくつかの恋物語は兼好自身の私小説だろうと妄想している。

また兼好には「兼好自撰家集」というのがあって三百首ほどの和歌が知られており、そこからも兼好《かねよし》の恋をうかがいとることができるのかもしれない。もっと直截的にわかる日記というようなものがあればいいのだが、兼好《かねよし》にはそういうものはないらしい。同時代の兼好を知る人の日記にも、若き日の兼好のことを述べているものは今まで見つかっていないそうである。

このように資料不足のために、専門家の先生方は、兼好と恋については語られているが、兼好の恋についてはは黙っておいでのようである。

わたしは素人の気軽さから、学問的な考証など意に介さずただ妄想を頼りに徒然草から兼好《かねよし》の恋物語を探したら少なくとも二章段あった。

一つは一〇五段で、二十歳戦後の青春時代の追憶の中の男、もう一つは一〇四段で、三十歳近い（昔ならば）壮年時代の想い出の中の男。この二人の男は、兼好が自分自身を仮託した男であろうと思いたい。

ところでこの二つの章段はやや長いので、原文は載せずに、例によってわたしの妄想口語文だけを御笑覧に供することにした。

心もとなく思われる方は、どうか徒然草を開いて原文をお目通ししていただきたい。

一〇五段（若き日の恋）

御堂の北側のかげにはまだかたく凍りついた雪が残っていた。そこにさし寄せてある牛車の轅《ながえ》のうえにも霜が蔽《おお》って、月あかりに反射してきらめいていた。有明の月が冴えて、ひえびえと澄んだ空に残っていたが、隅々にまで及ぶというほどの明るさではない。

春浅い早朝《つとめて》に人里離れたこの御堂の廊下で、並の身分ではなさそうにみえる男性が女性と並んで長押《なげし》に腰かけて語り合っていた。

何を話し合っているのだろうか、内容はわかるべくもないが、物語は綿々と続いていて絶えそうにもない。女性のあたまをかしげる様や、口もとの笑みの様子などもまことに美しい。一瞬何ともいわれない香りがさっと薫ってきて、しみじみとした趣きを一段とすばらしくしている。女性の話す声や、品よい笑い声などがとぎれとぎれに聞こえてくるにつけても、二人のことをもう少し知りたいものと思うのであった。

六十年前に、このような一シーンがわたしにもあった。おしゃべりをしながら、小首をかしげ、笑みをうかべた少女の顔を今でも想い浮かべることができる。

兼好が若き日の想い出にひたりながら、この早朝の御堂での語らいのシーンを書いたような気がしてならない。

一〇四段（生涯忘れえぬ恋）

出入りする人影もない古びた屋敷に、一人の女性《にょしょう》が住んでおりました。彼女は何事かあって宮仕えをひかえているところで、数人の侍女と何することもなく、家に籠ってひっそりと暮していたのです。

ちょうどそのような折に、ある貴人《おとこ》が夕月夜《ゆうずくよ》のまだほのかに明るい時刻に、そっと人目を忍んで訪ねてこられました。飼い犬がけたたましく吠えるので召使いの女が出てきて客と知り、「どちら様でございましょう」と言うと、すぐさま女主人《あるじ》に取り次ぐよう伝え、家の内にお入りになりました。

見るとこの家の暮しの様子がいかにも心細そうなので、日々をどのように過しているのかと思うにつけても、彼のひとの胸はひどくお痛みになった様子でした。

質素な板敷の廊下にしばしお立ちになっていると、もの静かな、しかも若々しい声がして、「どうぞこちらへ」という。明け閉《た》てても手狭な引戸を侍女が引くのに手をそえて部屋の内にお入りになりました。

内《なか》の様子は、屋敷の外見《そとみ》とはことなり、荒れている様はなく、なかなかの気品が感じられます。あちらの隅に置かれた燭台のほのかな明かりが奥ゆかしい趣きを醸し出して、置かれいてる調度などを美しく見せていました。

なによりも今しがた焚き始めたというのではなく、日頃から焚きしめている香《こう》のかおりがしんみりと薫ってきて、以前に訪れた折のことが憶いだされて、まことに人の心を魅了するように住まわれていることよ、といとおしく思われたのです。

侍女の一人が「門をよく閉めて。雨が降りそうですよ。御車は御門の下に入れなさい。お供の人はどこそこへ案内なさい」などと言うと、他の侍女たちが「今夜はゆっくりとねむれそうよ」と低い声でささやくのも、他人《ひと》には聞こえないように気をつけてはいるようだが、話している場所が、お二人のいる部屋からそう遠くないので二人の耳にもかすかに聞こえてくるのでした。

やがて彼のひとは、しばらく訪れて来られなかったわけなどを女にこまごまとお話なさっておりましたが、いつしか夜は更けていきました。深夜にしか鳴かぬ梟の声が聞きとれるようでも、秘めやかな話はいつまでも続くのでした。来し方《こかた》行く末のことどもの真実味のあるお話が時を忘れて続きます。すると今度は一番鶏が甲高い声で続けざまに鳴き始めました。

彼のひとはもう夜がすっかり明けたのでは、とつぶやきましたが、夜明け前にいそいで帰らなければならぬというようなこの家の有様《ありよう》ではないので、今しばらくゆるりとされているうちに、蔀《しとみ》の隙間が白んできました。

それではと最後に、心からいとおしさをこめて、女の心にいつまでも秘められるに違いないことどもを告げて、お別れになりました。

庭に立つと目がさめるような清々しい卯月の曙で、樹木《きぎ》の梢も、庭草も青々と映え、まことに優美で情趣深くおもわれたのです。

この夜のこと、この早朝《つとめて》の情景が脳裏にやきついて、その後この家の傍らを牛車で通ると、今でも庭の大きな桂の木がかくれて見えなくなるまで、ふり返り、お見送りなさるということです。

王朝の昔をなつかしむ兼好の美意識が、かなりあからさまに感じられる小品である。どんな描写が行われているから、これが兼好自身の物語であろうという考証があるわけではない。わたしがそう思いたいだけだ。

最後に、〝もののあはれ〟をしらぬ男よといわれかねぬが……宵のくちから朝しらむまで語り続けているだけではない。秘めやかな衣々のことどもも忘れえぬ恋の想い出になっているはずである。

張脛《ふくらはぎ》秘話・その一

久米仙人《くめのせんにん》

「粂仙《くめせん》」こと久米の仙人といえば、誰でも口元をゆるめて、目で頷く顔付きになる。千年近く前からずぅーと親しみをもって語りつがれてきた、こんな男は他になかろう。空を飛べる仙人のくせに、川で洗濯をしている若い女の白い脛《はぎ》を覗き込んで、突如愛欲を覚え、神通力を失って川に落ちてずぶ濡れになったお話である。

このお話は『今昔物語集』に出ているが、脚注によれば「出典未詳。同話・類話は七大寺巡礼私記・東大寺条、菅家本諸寺縁起集・久米寺条、久米寺流記、その他に喧伝。」とある。一方、久米の仙人譚はバラモン説話の仏教化で中国の「大智度論」「西域記」を通じて渡来したとも言われている（『落語の原話』宇井無愁著、角川書店）。ここでは「久米の仙人、初めて久米寺を造れる語《こと》・今昔物語・十一の二十四」から抄記して、このお話を御紹介しよう。

今昔《いまはむかし》、大和国、吉野の郡《こおり》、龍門寺と云《い》う寺有り。寺に二《ふたり》の人籠り居て仙の法を行ひけり。其《その》仙人の名をば、一人を安曇《あづみ》と云ふ、一人をば久米《くめ》と云ふ。然るに安曇は前《さき》に行ひ得て、既に仙に成て、飛て空に昇にけり。

後に、久米も既に仙に成て、空に昇て飛て渡る間《あいだ》、吉野河の辺《ほとり》に、若き女衣《きぬ》を洗て立てり。衣を洗うとて女の肿脛《はぎ》（注・訓み未詳、ふくらはぎの意か）まで衣を掻上《かきあげ》たるに肿《はぎ》の白かりけるを見て、久米心穢《けが》れて、その女の前に落ぬ。

（拙訳）今では昔話だが、大和国、吉野の郡に龍門寺という寺があった。寺には二人の行者が籠って仙術を修行していた。名を一人は安曇《あづみ》といい、もう一人を久米といった。安曇は久米より先に修行を成就させて既に仙人に成って空を飛ぶことができた。

その後、久米も修行を終えて仙人に成った。或る日、空に昇って飛び廻っていると、吉野河の岸辺《きしべ》で、若い女が衣《きぬ》ものを洗っているのを見つけた。女は洗濯のために脹《ふくらはぎ》脛の上の方まで着物の裾をたくしあげていた。飛びながら近づいて見ると女の脚の色がまことに白く、つやよく、ふくよかなので、一瞬愛欲の思いが過《よ》ぎり、神通力を失い、女の前の川辺りに墜落してしまった。

このような話である。多分現代の男は、いや女性でも怒ったりはしないだろう。にやにやとして幾分の好意をもって彼を遇すだろう。今の者達だけではない、大昔の賢者もゆとりを持って彼を観《み》ている。

兼好法師はこの話の感想を、

世の人の心まどはすこと、色欲にはしかず。人の心はおろかなるものかな。……久米の仙人の、物洗ふ女の脛の白きを見て、通を失ひけむは、誠に手足・はだへなどのきよらに肥えあぶらづきたらんは、外《ほか》の色ならねばさもあらんかし。（徒然草第八段）

（拙訳）人の心を惑わすものは色欲にとどめを刺す。まこと人の心とは愚かなものだ。…久米の仙人が洗濯している女の脚の、真白で清らかなのを見て神通力を失って墜落したのは、まあ、仕方がない。というのは、女の手足や露出している肌が、綺麗でむっちりと脂肪《あぶら》がのっており、しかもこの色《いろ》、態《かたち》は（薫物《たきもの》の仮りの香などとは違い）女の身そのものの色なのだからだ。

と述べ、兼好法師はいささか好意的な眼で久米をみている。

話は変わるが、今時の多くの人々は久米仙の話はここでお仕舞と思っているのではないだろうか。実はまだ続くのである。

さてこの墜落のあとで、久米仙はこの白い脛で通力《つうりき》を喪失させられた若い女と結婚するのである。「今昔」にはこのあとのいろいろのエピソードが書かれている。ついでに抜き書きして拙訳で御紹介しよう。

このようなことがあってから、久米はその女と夫妻《めおと》になって暮していたが、時の天皇がその国の高市《たかいち》の郡《こおり》に都を造る計画をお建てになった。近隣の男女と一緒に久米も労役に駆り出されて働いていた。

男共は久米のことを「仙人、仙人」と呼んでいた。聞いていた行事官（工事の責任者である役人）は訝《いぶか》って、「どうして彼のことを仙人、仙人と呼ぶのか」と尋ねた。男共は、久米がもと仙人であって、飛行中に通力を失ったエピソードを話して聞かせた。

行事官は心の中では信じなかったが、久米に向ってこう言った。「工事のための多くの木材を、各々人手で運ぶよりは、仙人の力を以って空《くう》を飛ばし現場に集積させよ」と命じた。

久米はこれを聞いて、「我身は仙術を長年行わず、忘れているかもしれぬ。しかし、再び思い立てば、かつて仙の法をお授け下された御本尊さまはきっと、また助けてくださるはずだ」と心の中で思い、役人に、「不安もあるがやってみましょう」と答えた。

その直後、久米は心身清浄《しんしんしょうじょう》にして食を断ち、七日七晩心を至して祈り続けた。この間役人達は久米が顔を見せないので、彼の仙力を疑ったり、笑ったりしていた。

八日目と云う朝、一天にわかに掻き曇り雷鳴豪雨甚だしいなか、大中小の木材がそっくりそのまま南の山辺のある杣山《そま》（植林して材木を伐り出す山）から空を飛来して、都を造営中の現場に着地した。

これを見て多くの役人の面々は、驚き、敬い、しきりに久米を礼拝した。

その後この奇事が天皇に奏上された。天皇はこれをお聴きになって、まことに貴いことだと思《おぼ》し召して、直に免田（納税を免除された田地）三十町を久米に賜った。久米は喜んで、この田地を資金に換え、その郡に伽藍を建立した。久米寺というのはこれである。

現存している久米寺について、『広辞苑』には、「奈良県橿原市にある真言宗の寺。久米仙人の創建と伝えるが、白鳳時代後期に成る。空海が大日経を感得した寺と伝える。」とある。

『日本故事物語』（河出文庫）のなかで著者の池田弥三郎さんも「久米の仙人」の話を書かれている。その終わりのほうで次のように述べられている。

「久米の仙人」によく似た歌舞伎の「鳴神」は天竺《てんじく》の一角《いっかく》仙人の伝説に基づいた謡曲「一角仙人」を通過して作られている。天竺の一角仙人が、竜神と争ってこれを岩屋に封じこめてしまったので、数か月雨が降らなかった。天子は施陀夫人《せんだぶにん》という無双の美人をつかわして、仙人の心を迷わせ、その行《ぎょう》を解かせる。「鳴神」はこれと同工異曲で、鳴神上人が竜神を封じこめて雨が降らぬので、帝は雲の絶間姫《たえまひめ》という美女をつかわして、色じかけで上人の心を迷わし、行を破らせる。

久米の仙人は女の白いはぎに下界に落ち、一角千人も鳴神も、美女に心を迷わせて行が破れる。雨の神様は、女の威力の前にはからきしだらしがなかった。

と申されている。真白な脛や、城や国をも傾けてしまうという女の威力には、仙人や竜神ならずとも、男《お》の子共がだらしないのは古今東西を問わずオスのホモ・サピエンスの持つ弱点であろう。

脹脛《ふくらはぎ》秘話・その二

白河院と祇園女御

白い脹脛《ふくらはぎ》をちらっと見て愛欲の情念を持ったもう一人の男性の秘話が伝わっている。やんごとないお方なのだが今から九百年以上も前のことだからお話してもよかろう。

そのお方、白河法皇の数々の艶話《つやばなし》の中に、のちに祇園女御《ぎおんのにょうご》と呼ばれる女性とのエピソードがある。『源平盛衰記』（芸林社）巻第二十六・祇園女御の事の冒頭に、

古人の申しけるは、清盛は忠盛が子には非ず、白河院の御子なり。其故は、彼の帝、感神院《ジンキン》を信じ御座して、常に御幸《ゴカウ》ぞ有りける。或時祇園の西大門の大路に、小家の女の怪しきが、水汲桶を戴きて、麻の狭衣《サゴロモ》のつまを挙げつゝ、ゐづゝに桶を据置《スエヲ》きて御幸を拝み奉

る。帝御目に懸る御事有りければ、還御の後彼の女を宮中に召されて、常に玉體に近づき進せけり。

（拙訳）昔の人が申したことだが、清盛は忠盛の子ではない、白河法皇の御子なのだと。その実は、法皇は感神院《かんじん》（八坂神社）の神を深く御信厚されて、日頃よく御幸《ごこう》になった。祇園の西大門（八坂神社の西の楼門）の門前の大通りに面しては庶民の小さな家が建ち並んでいた。

或る時の参詣の折、法皇は一軒の小家から粗末な身なりの女が出てきたのが御目に止った。女は水汲桶を頭上に乗せて水を汲みに行くところで、身には粗末な麻の単衣《ひとえ》をまとっているが、濡れないように裾を高くからげていた。（法皇の御車がお通りになるので）桶を井戸端に置き跪《ひざまず》いて拝礼した。法皇は、この女の態《さま》（女の白く、艶やかな脛の態など）を深く御目に焼き付けられた御様子であった。還御の後、早速この女を宮中にお召しになって、いつも御身近くに傅《かしず》かせた。

（つづいて拙訳で抄述させていただく）

祇園社の巽《たつみ》（東南）の場所に邸宅を建てて、彼女をそこに住まわせた。公卿達は、法皇の大事な寵妾であるので、敬って祇園女御と申すようになった。

こうして年月が経つうちに、いつも法皇は、夜になって人々が静まり、御自身所在無く思われると女御の居る邸にお通いになるのだった。

盛衰記はこのように語っている。井戸端に跪いた女は麻の粗末な着物の褄《つま》を上げて、とだけ書いてある。久米仙のケースでは、今昔物語には「衣を掻上げたる脛の白かりけるをみて」と描写されている。盛衰記は脛が白かったと書いていないが、拙訳では（女の白く、艶やかな脛の態など）と余計な注釈を入れてみた。男としての心情からである。

ところで、この話は女性の眼からしても興味ある話らしい。直木賞作家の安西篤子さんの『源平争乱期の女性』（集英社）のなかで、例の井戸端の件《くだり》を次のように描写されている。

…水を汲もうとして、裾を濡らすことをいとい、思い切って裾をからげた。そのため、まっ白なつやつやした脛《はぎ》がのぞいた。

その様子が法皇の眼にとまった。唐衣《からぎぬ》や裳《も》をまとった宮中の女たちを見慣れた眼には、すらりとした足を露《あらわ》にした水汲み女の姿は、すばらしく官能的に映ったに違いない。労働にしたがう若い女のきびきびした物腰も、好ましくみえたろう。

と、このように男ごころを洞察されている。男ごころと言えば、一九六〇年（昭和三十五）頃からわが国でも初めてミニスカートが流行した。以来青女は好んで脛も腿をみせている。現今では熟女も然り、とはいうものの見馴れた男《お》の子どもは、最早、通を失うことはよもやあるまい。

さらに安西さんの著述を参考にして、法皇と女御の艶聞を御紹介したい。

この白い脛の若い女、のちの祇園女御がいつ頃から白河法皇の寵愛をうけるようになったかはよくわからない。永長元年（一〇九六）、白河上皇が、最愛の皇女、媞子《ていし》内親王の死を悼んで出家して白河法皇となった。齢四十四、五のことである。白い脛の女との出逢いはこの後一、二年のことと思われる。

ところで祇園女御、女御といっても正式の宣旨（手続など簡略化した天皇、上皇の命令）を受けたものではなく、尊敬、いやむしろ揶揄《やゆ》をこめた仇名である。祇園の巽《たつみ》に邸宅を賜ったので公卿達がそう呼んだのだ。

法皇になってからの住む御所、六條殿にしても、鳥羽殿にしても、礼儀や身分差がものをいう窮屈な世界だったに違いない。法皇は一旦は殿中の身近に召したものの、愛する祇園女御にそうした苦労をかけたくなかったため、祇園の巽の邸宅に住まわせたのであろう。法皇にしても女御の住居は心持のよい息抜の場になったことだろう。法皇が特に熱心に通ったのは永久年間（一一一三〜一一一八）で五十歳代の頃らしい。女御も法皇に見出されておよそ十年余りの頃、三十歳前後の女ざかりではなかったか。


『平家物語』や『源平盛衰記』によってよく知られている、平忠盛の武勇伝もこの頃ことであろう。

陰気な五月雨《さみだれ》の降る晩、法皇は数人の供を召すだけで彼女の許に御幸になった。その時、二十歳ばかりの忠盛も供にいた。彼女の宿所近くの御堂の傍《かたわら》で鬼ではないかという光物に出逢って皆驚愕した。忠盛が怪しんで近づき捕えてみれば、鬼ではなく束ねた藁《わら》を冠《かぶ》った老いた六十ばかりの法師であった。

この次第を見てとった法皇は、忠盛の思慮と勇気に感心した。罪もない人間一人を殺さずに済んだからである。法皇は褒美として、最愛の祇園女御を忠盛に賜った。と『平家物語』には述べられている。さらに、「この女御孕み給へり」と追記している。
『源平盛衰記』はかなり、これと違った記述である。一つ目は、忠盛が捕えた老法師は「實《まこと》に七十計の法師なり」と書かれてある。二つ目は大違いで、この折に褒美として祇園女御を賜ったなどとは一言もない。多分これよりかなり後になっての話だが、忠盛が殿上の御番勤めの夜、美しい一人の女房の袖を引いた。女は咎《とが》めずして一首よんだ。

おぼつかな誰《た》が杣山《そまやま》の人ぞとよ
　此暮《このくれ》に引く主《ぬし》をしらずや

忠盛《ただもり》、こは如何にと思ひて返事、

雲間より忠盛きぬる月なれば
　朧《おぼろ》げにてはいはじとぞと思ふ

と返して女の袖をはなした。
この女は白河法皇の思いびとであった。二人は御前《ごぜん》に召し出され叱られたが、その後で法皇は、女が歌を詠んで問うたのに、汝が優に歌を以って返事を申したことは感心なことだ、と申されて女を賜った。女はその時妊娠五か月であった。と盛衰記にはある。生まれてきたのは清盛ということになる。

これらの御落胤説のほかに、史実らしい史料が近年発見された。滋賀県胡宮《このみや》神社から発見された系図である。それによれば、清盛は祇園女御の妹の所生にかかわるらしい。父はもちろん白河法皇である。古代では、姉妹が同じ貴人の愛を享ける、という例はいくらもあったという。

「大河ドラマ・平清盛」のなかでは、祇園女御のもとで妹のように育てられていた白拍子（名は舞子《まいこ》）が清盛の母親とされており、彼女は身重のまま宮中を追われ、逃亡中のところを偶然、忠盛に助けられ、そして子を産むというシナリオになっているが？

『平家物語』祇園女御の事の最後には、

「上代《じょうだい》にもかゝる例ありければ、末代にも清盛公、まことには白河院の皇子として、さしもたやすからぬ天下の大事、都遷《うつ》りなどと云ふ事をも、思ひ立たれるにこそ。」と語られている。

一方祇園女御のその後の半生については、再び、安西さんの本から短くまとめてみよう。

清盛が三歳になった保安元年（一一二〇）の夏、生母が亡くなった。白河法皇に召されてその子を身籠り、忠盛に賜ったとされる女性である。幼くして母を喪《うしな》った清盛を、祇園女御は憐れんで、母代わりに養育した。のち、清盛は忠盛に引き取られたが、祇園女御の猶子《ゆうし》（甥、姪）となっている。

また、白河院が、その美貌を伝え聞き、まだ幼いうちから手元へ引き取って猶子とした璋子（のちの待賢門院璋子、鳥羽院の中宮）、この璋子をあけくれ膝に抱き、慈しんで育てたのが祇園女御だった。そして気難しい人柄の白河院が、見込んで璋子の養育を託したのだから、祇園女御という人も、決して平凡な女性ではなかったのだろう。

白河院としては、子供のいない祇園女御の老後を気遣っていたことも考えられる。ゆくゆく、然るべき人の妻となるむすめを女御の養い子としておけば、のちのちの孝養も期待できるし、世間も女御を尊重するに違いない。

白河法皇は大治四年（一一二九）七十七歳で没した。その時、祇園女御に多くの遺産を与えたと思われるが、先に記した胡宮《このみや》神社文書によれば、二千粒の仏舎利を譲っていることが知られる。仏舎利とはいうまでもなく釈迦《しゃか》の遺骨で、仏教信者にとっては何ものにもかえ難い尊いものである。白河院はこれを、最愛の祇園女御に伝えた。女御はのち、清盛に譲っている。

と、このように書かれている。脛《はぎ》チラから玉の輿に乗ることも昔はあったんだ。

流行神《はやりがみ》に脱帽

女の髪

女の髪のめでたからんこそ、人の目にたつべかめれ

（『徒然草』第九段）

昔から人々は女性の髪の趣に注目してきた。兼行の時代の女性は、髪を長く伸ばし顔の部分だけ左右に分けて、後方に垂らした一様な髪型をしていたようである。

したがって髪型に対しての注目ではなくて、主に髪そのものの長さ、直《す》ぐさ、色艶や、生え際の様などがめでたさの対象になっていたものと思われる。

現代ではそのような身の丈にもあまるような垂らし髪では、一刻《いっとき》も日常生活には適わぬ。それで髪の丈は長くとも腰のあたりで切られている。

多くの女性は老も若きも、しばらく前までは、垂れ放しではなく、巻いたり、ウェーブさせて短く整えたり、結い上げたりしていた。

長めの垂髪はいつ頃からはやりだしたのだろうか。と娘や孫に聞いてみたら、二十年も前からだろうと言う。

わたしが気づいて気になり出したのは五、六年前からだ。テレビに出てくる美女たちはほとんどが垂れ髪で、和服姿のときだけ結髪している。かたい仕事のアナウンサーも、女性の大学教授も垂れ髪が目立つ。垂れ髪といっても、皆さん色々と工夫して変化をさせているのだろうけど、老耄《ろうもう》の目には同じようにみえる。「人の目にもたつべかめれ」といわれても、まことに困惑するばかりだ。

ひと言でいうと、こどもからおとなまでみんな同じような髪型である。幼女も、少女も、青女も、熟女も、老女も、みんな髪を結い上げたり、巻き上げたりせずに垂らし放しである。だから時にテレビに映った若々しくみえる熟女が、自分の娘さんと顔を並べて映し出されてくると、どちらが親か娘かと寸時戸惑うことがある。

女の髪の形がこのように一様なのは、流行という魔性の業のためなのであろうか。

流行という言葉は、①流れ行くこと。②急にある現象が世間一般にゆきわたり広がること。③衣服・化粧・思想などの様式が一時的にひろく行われること。と『広辞苑』にある（流行神という言葉は『広辞苑』にない）。

先程二十年も前からだろうという話からするとずいぶんと長い流行ということになる。ところで女の髪の形についての簡明な記述が『世界原色百科事典』（小学館）に載っていたので参考までにご紹介する。

〔女子の髪型〕わが国古来の女子の髪型に垂髪《たれ》がある。これは中央から左右に分け、うしろへ垂れたままのもっとも素朴簡単なもので、奈良時代まではこの髪型がうけつがれ、平安中期には長い髪が女性美を代表した。室町時代から長髪の不便さが騒がれ、安土桃山時代にはいって、こうがいを用いた簡素な結い方や、元結《もとゆい》を使った唐輪《からわ》*ができて結髪のふうが生まれた。

元結というのは、髻《もとどり》を結ぶ細い緒。昔は組紐または麻糸を、近世は髷《まげ》に趣向をこらして水引元結と称する紙縒《こより》製のものを用いた。

江戸時代　（略）

*唐輪とは髻から上に輪を幾つか作り、その根を余りの紙で巻いたもの。『広辞苑』

明治の鹿鳴館時代には洋装が生まれ、イギリス結び・マーガレットなどが流行した。日露戦争後に二〇三高地という高い髷や庇髪《ひさしがみ》が流行した。大正時代には第一次世界大戦の影響で断髪がはやり、アイロン技術によるウェーブを出した七三《ひちさん》髷・耳かくしが流行した。昭和時代になり、パーマネントウェーブ（電髪）が輸入され、髪を短くし、ウェーブによって髪を整える傾向になった。第二次世界大戦後はコールドパーマが一般的となって、髪の毛を染めたり、部分かつらを用いるなどして、思いのままの髪形をつくりだしている。

近頃のテレビを見ていると、垂らし髪は日本だけでなく、欧米でも東洋でも女性の間に蔓延している。流行という魔神にあらためて脱帽する次第である。

女の名

女性の名から○子《なに》さんという名前が無くなってしまった。○子という名の女性をみると若々しくみえても、「あっ、五十過ぎかな」と思ってしまう近頃である。

実はわたしの孫娘四人、全て成人しているが誰も子が付いていない。

わたしの小学校の同級の女の子はほとんど○子ちゃんか、○江（枝）ちゃんであった。またわたしの母親（明治三十八・一九〇五年生）はとみといった。子供のときに同じ年頃の近所のおばさん、親類のおばさんなどにも○子さんという人はいなかった。

でも面白いことには、親類のおばさんの中に母と会話しているときに「とみ子さん」とわざわざ子を付け足して話す人がいたのを覚えている。今考えると何故子を付けたのだろうか。

愚考するに、明治此の方、子の付いた名前の女性は良家の子女と思われてきたようだ。ごく当たり前の庶民の娘に子を付けると、身分ちがいと世間から言われたりもした。母をとみ子さんと呼んだのは社交辞令であったのだろう。

明治・大正期の女の名

明治期に活躍した何人かの女性の名前を調べてみた。図書館に『日本女性人名辞典』（日本図書センター）というのがあった。抄記すると、

津田梅子《うめこ》　一八六四（元治元）年生まれ。一八七一（明治四）年日本で最初の女子留学生の一人。本名　むめ。
瓜生繁子《うりゅうしげこ》　一八六二（文久二）年生まれ。同じく最初の女子留学生の一人。（本名の記載は無い。繁子が本名か）
与謝野晶子《よさのあきこ》　一八七八（明治十一）年生まれ。歌人。本名　しゃう。

とある。社会活動をする上の名前には子を付けている方が何かとよかったのだろう。しかし大正期に入ると○子さんがぼつぼつ現れてきて、昭和期に入ると前述のように○子ちゃんが爆発的に出現するようになった。

高貴な方々の名

皇族の女性や藤原氏のような貴族の女性達には古代からほとんどの名前に子が付いている。
では歴代の天皇の皇后、夫人、女御方のなかで最も古い○子様はどなただったのでしょうか。

『歴代天皇事典』（高森明勅著、ＰＨＰ文庫）という文庫本がある。これは、二、三年前にふと本屋で求め、今私の手元にある。それでみると伝承上の天皇を含めて、わが国の歴代天皇は一二五方々で、今上天皇は第百二十五代の天皇である。

まずは初代神武天皇の皇后は媛蹈鞴《ひめたたら》五十鈴《いすず》媛《ひめの》命（事代主《ことしろぬし》神《のかみ》の娘）、実在が確かな最初の天皇といわれる第十代崇神《すじん》天皇の皇后は御間城姫《みましろひめの》命とある。極く古代の皇后には○○子という名はついていない。

この事典を繰《く》っていくと、初めて子の付く女性は第三十二代崇峻《すしゅん》天皇の皇妃、大伴小《こ》手子《てこ》という人であった。次に出てくるのは、第四十二代文武天皇の皇夫人、藤原宮子という女性である。宮子は藤原不比等《ふひと》の娘とあるが、振仮名がないので宮子《ぐうし》か宮子《みやこ》かわからない。さらに、第五十代桓武天皇の皇妃、藤原旅子《たびこ》、藤原吉子《きっし》、第五十六代清和天皇の皇后、藤原高子《こうし》、第六十四代円融天皇の皇后、藤原遵子《こぶこ》等々がある。

ところで何故日本では古代から、高貴な家では女子の名前に子を付けたのだろうか。辞書をみても子には女性の美しさや、高貴さや、幸福を願うなどの意味はない。

驚いたことには子には三十近い意味が書かれている。男子の尊称、先生、士大夫の通称などという意味もある。何故女子の名に子を付けたのかわたしにはわからない。

最後に、先の話だが、第百二十七代の天皇が男帝ならば、皇后様には子の付かない、例えばサラさまとかマリさまとかいう名前のお方がなるだろう。

死生観・今昔

昨年（二〇一六）の秋に、新聞にいくつもの新しい著書の紹介がのっていた。その中にふと目を引いたものに、『モンテニュー・エセー抄』というのがあった。

わたしは今までに、モンテニューについては、昔のフランスの物書きらしい、ということ以外には何一つ知らない。ふと目を引いたのはモンテニューではなくて、訳者の宮下志朗さんなのだ。

宮下先生からは、テレビの放送大学の講義で、面白いお話を何度となく聴いていた（先生はフランス文学の専門家でいらっしゃる）。それでふと私の目にとまったのだった。

早速『モンテニュー・エセー抄』（宮下志朗編訳、みすず書房）という本を購入した。

この中で「年齢について」という論文が、私の興味を引いた。書かれたのは四百年以上前のことだ。一端を抄記してみる。

わたしには、われわれが寿命を定めている、そのやりかたというのが、どうにも受けいれがたいのだ（中略）。

老衰で死ぬなどとは、めったにない、ユニークで、異常ともいえる死に方なのであって、そのぶん、ほかの死に方よりも不自然なものなのだ。それは最後の死に方、究極の死なのであって、はるか遠くにあるだけに、期待できるような死とはいえない。それはまさしく、その先までは行けないような境界があって、自然の掟が、そこを越えてはならないとした境界にほかならず、そこまでは長生きする特権など、めったに与えてもらえない。（以下略）

ミシェル・ド・モンテニューは一五三三年、ボルドーに近いモンテニューの城館で生まれた。モンテニューの『エセー』の初版は一五八〇年であると記されている。したがって書かれたのは彼の四十代後半と思っていいだろう。今日の常識では壮年期の真只中の男だ。

また、この時代のヨーロッパの人々の平均寿命はどうだったのであろうか。参考になる資料などに接するのは素人には無理だ。勝手な想像であるが、私は平均寿命は四十歳前後あるいは、それ以下ではなかったかと思う。

その時代の西欧の諸地域は、飢饉や戦乱がしばしば起ったり、重篤な感染症も日常的に蔓延していた。そんな状況のなかなので、彼の死生観が、前述のように、まったく悲観的で、ひどく虚無的なものになっているのだろう。

二十一世紀の寿命・死生観

まずは現在の人間の寿命のデータである。『ネイチャー』と並んで有名な科学雑誌の『ランセット』に発表された二〇一五年時点の世界人口の平均寿命は七十一・八歳で、男女別では、男性六十九・〇歳、女性七十四・八歳である。共に一九八〇年、三十五年前にくらべて十年以上も上まわっている。

なおちなみに、二〇一五年時点の日本人の平均寿命等を記しておくと、男性七十九・九歳（世界八位）、女性八十六・四歳（世界二位）である。

十六世紀末の西欧の人間の平均寿命の倍か、あるいは倍以上に、現今の全世界の人間の平均寿命は長くなっている。したがって多くの人々は自らの死についての考えは、昔の人達よりもかなり楽観的であろうと思われる。多くの人々は、自分が事故や災害に遭遇する頻度も低く、また病を得ても、今日《こんにち》の発達した医療を受けて、死に至るようなことはまずあるまい、平均寿命を大きく越えて、やがて天寿を全うして死ぬだろうと、そう思っている。モンテニューが、（老衰で死ぬなどは、めったにない）と言ったのとはずいぶんと違いがある。

死生観・いろいろ

死生観という言葉を、この際改めて正しく理解するために『広辞苑』をひいたら、「生き方・死に方についての考え方」と書かれてあり、誠にわかりやすい。わたし自身の考え方は後ほど述べさせていただくが、まずは古来いろいろな人々がおっしゃっている考えや心情などを拾い上げて、お目にかけてみる。

山上憶良

万葉集に憶良が、わが家族に抱く切々とした歌がいくつかある。

銀《しろがね》も金《こがね》も玉も何かせむに
　勝れる宝　子に及《し》かめやも

どんな宝よりも、子供たちがずうっと勝れた宝だ、と絶叫しているようだ。近頃では母親の育児苦労を助けるために、父親が手助けする。育メンというらしい。憶良を見習って、進んで、楽しくやって欲しい。

士《おのこ》やも空しかるべき萬代《よろずよ》に
　語り続ぐべき　名は立てずして

最近テレビを見ていたら、脳科学者と紹介されたなかなかの美女の先生が、「未来へ、名を残す、そのための努力、奮闘は男性の方が遙かに強い、女性はそれほどでもない。」と言うのを聞いた。確かに！　老脳をしぼって、自分史などを書く男《お》の子も少なくない。「お前だって！」と言われそうだが。
中古代の女性のエッセー集ともいわれる『紫式部日記』や、『枕草子』を、拾いよみしただけであるが、自らの「生き方、死に方」に触れたものは見当たらなかった。また他人の死生観などについて取り上げ、それに自らの論説や感想などを述べた箇所も見つけ出すことができなかった。

小野小町

花の色はうつりにけりな徒《いたず》らに
　我が身世にふるながめせし間に

盛りを見ようと思っていたが、花の色香はすっかり変わってしまった。わたしが世事にかかわって、いく日も物思いしている間に

という歌なのであるが、これは、花の色とわが身の容色をかけたものだ。年経て美しさが衰えてきたのを嘆いた歌であるといわれている。

男と違って、女性はわが身、他人を問わず、その容色のありように強い関心を示す。時

には命がけと思えるような発言や、ふるまいをも見聞きする。

その点、男は気が楽だ。エッセイストの兼好法師のように、「老いて智の、若きにまされる事、若くして、かたちの老いたるにまされるが如し。」（『徒然草』一七二段）と言って、老いては容貌の衰えるのは当たり前で仕方がないことだと去《い》なしている。

わが生死観

前述したように、「死生観とは、生き方・死に方についての考え方」である。でもよく考えると、屁理屈を言うようだが、「生死観」というほうが正しいのではないか、と思ってわが生死観とした（生死観とは『広辞苑』には載っていないが生死（しょうし、しょうじ）という言葉は載っている）。

忘己利他《もうこりた》

この熟語は、伝教大師最澄が用いて弟子に講じたそうである。熟語の出典は「荘子《そうし》」であるとのことだ。「自分のことは措《お》いといて、他の人のためにつくせ」という教えである。わたしは日々常に、この言葉を心に抱いて生活してきたわけではないが、何かの時に思い出しては、生き方のお手本としてきた。

しかし「利他」といっても、他とは他人様、世間様だけを意味するものではないと勝手に思っている。わたしは、妻子、孫ども、父母、弟妹をもっとも近い他と思っている。

賢者は、他とは他人や、他人の集り、すなわち社会ととらえて、人の生き方で大切なことは、社会に貢献することだとおっしゃる。その通りだが、なかなかむずかしいことだと思う。

一方、「現に今、たずさわっている仕事を、しっかり行いこなすことが仏の道に適い、世のためにもなるんだ」と法然上人が言っていたことを、以前読んだ覚えがある。そんなことも、生き方の参考になろう。

わたしの「生き方についての考え」を述べた小文を、二〇〇七年に刊行した拙著『医説徒然草』(朝日新聞出版)の中で書いた。丁度十年前のことである。今でも考えに変わりはない。今の読書子のために一部要約したものを述べておきたい。

サルの一生すなわち猿生《えんせい》？　は求餌行為と生殖行為に明け暮れする一生である。ヒトも数万年前まではサルと同様であった。やがて言葉が発達し、それによって思考力が増大し、一万年前から、群れは社会と、ヒトは人間と呼ばれるようになった。しかしサル達と変わらぬ素質が人間の心身に受け継がれ潜んでいるはずである（ヒトのＤＮＡはチンパンジーのそれと二％しか違っていない）。

「人間とは」などと考えねばならない折には、必ずこの生物学的事実を念頭に置かねばならぬ。現在の社会や、国家の枠の中のみで人間を論じ、それでよしとするのはいささか近視眼的論調である。と書いた（今でもそう思っている）。

死に方についての考え

死や、死に方、死に際《ぎわ》などに思いを致すようになるのは齢と共に数多くなり、その現実味も増してくる。

死の苦痛は、現今では精神的な面だけのものとなった。死に際の肉体的な苦痛は、ほとんどといっていいほどなくなった。医療技術が発達したためだ。だが死に直面した人の心

中の苦慮、恐怖は大昔から変わりない

わたしが医院を開業した昭和三十一年（一九五六）、その頃は病院で死ぬ人々は今ほど多くなく、過半数の患者さんは自宅で己が終末を迎えていた。彼等の多くは、死ぬ二十四時間前、少なくとも数時間前には意識はなく、不規則な呼吸と深い眠りに陥っていた。したがって死に際の心の苦悩はない。一、二週間前、あるいは数日前には、「私はもうすぐ死ぬのでしょうか」などと問う人もいた。かの人達は自分では、「死は遠くないが、もう少し先だろう」と思いながら、無意識の状態に入る真の死に際で、苦悩や恐怖を自覚することは多分稀だったろうと思っている。

わたしは今年（二〇一七）数え九十歳になった。死ぬことは嫌なこと、侘しいことだと思っているが、同時にどうにも仕方ないことだ、と諦めている。死ぬこととは、心を含めた肉体が、炭素、窒素、酸素などの化合物に変わり、灰になることだと思っている。そう思っているわたしだが、死ぬ少し前には多分口の中で「南無阿弥陀仏」と称えて、その声を飲みこむのではなかろうか。そうすれば、雲に乗った仏さまが西の方の浄土に連れてってくださると教えられているから。

ナマハゲと子供

数年前の暮、読売新聞にナマハゲについてかなりのスペースを使った記事があった。とくに秋田の男鹿のナマハゲについて書かれていた。そのなかに、「柳田国男は、著書『雪国の春』のなかで、ナマハゲの風習や、男鹿の風土、歴史について詳しく考察している。」とあった。

そこで図書館から「雪国の春」の載っている柳田国男の全集本の一冊を借り出して目を通してみた。

……爰《ここ》に其正月行事の一つ〳〵を、列挙して見ることは自分にはむつかしいが、例へば田畠を荒さうとする色々の鳥獣を、神霊の力の最も濃《こまや》かなりとした正月望《もち》の日に、追ひ払うて置く一種の呪法《じゅほう》がある。（中略）

或いは同じ穀祭の日に際して、二人の若者が神に扮して、村々の家を訪れる風が南の果の孤島にもあった。本土の多くの府県では其神事が稍弛み、今や小児の戯れの如くならうとして居るが、是も亦正月望の前の宵の行事で、或はタビタビ・トビトビと謂ひ、又はホト〳〵・コト〳〵などと、戸を叩く音を以って名づけられて居るといふ差があるのみで、神の祝言を家々にもたらす目的は即ち一つである。

福島宮城では之を笠島とも茶せん子とも呼んで居る。それが今一つ北の方に行くと、却って古風を存することは南の海の果に近く、敬虔なる若者は仮面を被り藁《わら》の衣装を以って身を包んで、神の語を伝へに来るのであって、殊に怠惰逸楽の徒を憎み罰せんとする故に、之をナマハギともナゴミタクリとも、ヌヒカタクリとも称するのである。閉伊《へい》や男鹿島《をがしま》の荒蝦夷《あらえぞ》の住んだ国にも、入代って我々の神を敬する同胞が、早い昔から邑里《いふり》を構え満点の風雪を物の数ともせず、伊勢の暦が春を告ぐる毎に、出でて古式を繰返して歳の神に仕へて居た名残である。（後略）

と書かれていた。今日からみれば百年くらい前の記述であり、またナマハゲについて、特に概説的に述べられているわけではなかった。

さらにナマハゲや、類似の民族行事について知りたくなり、年が明けてから図書館にいった。

わからないことがあると、いつも真先に御厄介になる『日本大百科全書』には、

なまはげ

秋田県男鹿半島の村々の小正月行事。

国の重要無形民俗文化財。仮装した若者が旧暦一月十五日の満月の光を浴びて、雪を踏んで家々を訪れた。第二次世界大戦中は中止されたが復活し、観光行事として著名になった。大晦日の晩や新暦一月十五日に行うものが多くなった。

ざるでつくった鬼面をかぶり、腰蓑風のものを巻き付け、大きな藁沓を履いて仮装し、木製の包丁、金棒、鍬を持ったり、箱の中に小さな物を入れてからから鳴しながら家々を訪れる。（中略）

なまはげが小正月に訪れること、仮面や蓑をつけた神人の姿をとっていること、家に入ってまず神棚を拝み足を踏み鳴らすこと、家の主人が正装で迎えてもてなすことなどをみ

ても、単なる即興的な行事でないことは明らかである。

同類の行事は青森県から沖縄に至る各地にあって、年の境に遠来の神が人間に祝福を与えるために来臨する形を示すものである。ただ多くの地方では祝福のことばと引き換えに、餅や銭をもらい歩く物もらいのような形に零落した例が多いだけである。

なまはげの呼称については、青森県でシカタハギ、岩手県でナモミタクリ、ヒカタタクリ、ナゴミタクリ、スネカタクリ、ヒガタタクリ、秋田県でヒガタタクリ、ナモミハギ、ナマハギ、石川県でアマミハギ、アマメハギという。

炉端で火にあたってばかりいるとできる皮膚の火斑《ひだこ》をナモミ、アマメなどと呼んだもので、怠け者を戒めるために鬼がくるのだと説明している。西の方ではホトホト、コトコトなど訪問の物音をこの行事の名称にしたものが多い。

と説明されていた。

テレビでも毎年のように、暮になるとナマハゲはよく放映される。わたしはこれらの映像を見る度にはらはらする気持ちになって、「止めろ、止めろ！」と心の中で叫びたくなる。何故だ。

鬼の面を被って怒号をあげ、つい鼻先まで迫って来られた幼い子供が顔一杯に恐怖の形相を呈し、泣き叫ぶ態をみるからである。幼児たちは本当の鬼や悪魔の来襲を見たのである。かわいそうだ、なんとも痛ましい。

だが、あのような伝統的な民俗行事を止めよと言うのではない。大事な宗教的な意味合いをもち、そして楽しい行事なのだ。

ただ幼児に近々と迫るのは駄目。七つのお祝いを済ました子より上の子供達に行え、と思っている。七つまでは神のうちと云われているではないか。数え年七つは満六つ、小学一年生である。小学生ともなれば、誰も本当の鬼が来たなんどと思いはしない。見れば怖いけど作り物のお面だと理解している。だから泣き叫んだりしない。

「幼児の恐怖体験」は後々よい結果をもたらさないと思っている。私は小児科医ではないので詳しいことはわからないが、手元にある『今日の治療指針』(医学書院)、『小児・思春期診療』(日本医師会雑誌第一四一特別号)を探ってみたら「夜驚症・夢中遊行症」という項目を見つけた。

夜驚症は入眠後二〜三時間に急に大声で泣き叫び覚醒し、興奮状態が数分〜数十分続くものである。発汗や頻拍など自律神経活動の変化を伴う。

夢中遊行症は、三歳から十歳くらいの小児が、入眠後数時間して急に覚醒し、起き上がったり、室内を半覚醒状態で歩き回るものである。

共に悪夢によることが多い。悪夢は、その背景に不安体験があることがあるので、心理的カウンセリングを要することがある。

このような記述があるのを見ても、五〜六歳以下の幼児にはナマハゲや同類の所為をしてはいけない。話は変わるが今年の二月十三日の読売の夕刊に「あまロス」という一見意味のわからない活字がわたしの目を引いた。これは、「おら『あまちゃん』が好きだ」、とそんな思いにとらわれ過ぎたあまちゃんファンが抱くようになった、一種の喪失感のことだという。そんな人達のためばかりではないが、縁《ゆかり》の地を満喫できるから、三陸鉄道では休日にこたつ列車を計画中だとか。そして「ロケ地そばを通過する時は、車内アナウンスで、丁寧に解説しますし、岩手県北部の『なもみ（なまはげ）』もサプライズで登場するので誰でも楽しめます」と言う当事者の言を紹介している。

ここでもまたナマハゲもどきのパフォーマンスが演じられる。どうか幼な子には近づかないようにして欲しい。親達も、乳児、幼児に恐怖体験をさせないように、よくよく考えて頂きたい。

前述の年末の記事にもまた次のような、最近のナマハゲ行事の変様が述べられている。

本来、ナマハゲの面をかぶるのは若い独身男性の務めだが、少子高齢化が進んだ近年は、中高年らの力を借りなければ実地できない地区が多くなってきたそうだ。

受け入れ先にも変化が。子育て世代の多くはナマハゲを家にあげるのを敬遠し、玄関先で済ませたり、来訪を断ったりするケースが増えているという。

ナマハゲ特集の記事もこのように、近頃ではナマハゲの対応に親達の受けとめ方も変わりつつあることを書き加えている。

Ⅲ　老いの繰り言、想い出

老いの繰り言（一）

頻　考

頻尿という言葉は何方もご存知の言葉である。医学用語には違いないが、今日では日常語といっても差し支えない。

ちょこちょこと頻回に排尿する状態をいう。膀胱内にはいっぱい尿が溜っていないのに、おしっこが出たくなる、我慢できないでいる。高齢者には男女ともによく見られる症状である。

ちょうどこれと同じように頭脳《あたま》の中に、精確な知識や、整合された考えが充分に貯っていないのに、ちょこちょこと半可な知識や出任せな考えを出したくなる、我慢できないでいる。素人の物書き好きの年寄りによくみられる症状である。

称して頻考という。頻考とは老生の造語であって、もちろんどの国語辞典にも漢和辞典にも載っていない。もう一つ、ついでに尿意に対して、考意という語も造った。

頻回の考意があって中味を放出し、頭脳の中が空っぽになったときは、排尿後の爽快感ともよく似た或る種の心地よさがある。逆に考意だけがあっても上手《うま》くまとまらず放出できないときは、一種の不安感と焦燥感がある。子供のときの、学校の宿題をやらなきゃいけない、いけないと思いながらしないでいる落着きのない、隙間のある心持と似ている。

頻尿も近頃はかなり効く薬があるようだ。雑誌などに茶席でもじもじとおしっこを我慢している老婦人の漫画を見掛ける。頻尿治療薬のＣＭである。

同じように頻考にも治療法がないものか。尿は人が生きている限り分泌されてくるように、人の考えも呆《ぼけ》が来ないうちは次から次へと湧いてくる。ただ湧いてきた考えがすぐ洩れないように頭脳の中に充分貯蔵できるような治療法がないものだろうか。

電線

街の電線、蜘蛛の巣のように街路を覆っている架線のことである。まことに見苦しい。

街並を下品にし、汚穢《おわい》している。何んとかならぬものか。

都市の中心の広場とか、主要な大通りなどには架線は見当たらず、道路、街並の景観は美しく保たれている。しかしこのような区域から一つ、二つ裏に入ると街並に架線が縦横に走っているのが現状である。

テレビに映し出されるヨーロッパの街並を一つ注意して見ていただきたい。都会の裏通りでも、田舎の村の坂道でも、まずは架線というものはほとんど見当たらない。ヨーロッパの中心から遠ざかったルーマニアやブルガリアの町々、村々でも同様である。一方でアメリカでは、地方の風景、家並が映されるときに屡々電線の張られているのを見ることがある。

日本をはじめ、アジアの諸国はほとんどが冒頭で述べたように、主要道路以外の道路には電線が交錯し、景観を損ねている。

近頃では毎日のようにテレビで世界中の大小の都市や、閑静な田舎の様子が映されているが、どうしてヨーロッパの街並には架線が見られないのであろうか。

百年ほど前に電燈なるものが発明されて、初めて屋内外に敷設されたとき、すでに電線は地面の下に埋設されたのであろうか。

あるいは当初は架線であったが、後になって人々がその見苦しさのために一致して地中に埋設せよと行動したのであろうか。

どうもよくわからない。この道に多少係る友人達に聞いても誰も知らない。美醜を改めて問いかけると、やはり架線は見苦しいという。でも敷設の工事費が安いんだろうとも、また地震の多い国では、災害時の復興に便利なんだろうともいう。

わたしはヨーロッパの人々の道路や街並への美のこだわりが架線のない街をつくったんだろうと考えている。そしてわが日本も、もう少し景気が持ち直してきたら、いの一番に架線のない美しい街並みにしてもらいたいと思っている。

全員野球

よく耳にし、よく目にする言葉に「全員野球」というのがある。

チームのなかの強力な選手を中心にして、その力に頼って戦うのではなくて、九人全員で、いやベンチを含め選手全員の総力をあげて戦うことなのだという。簡単に言えばチームプレーに徹することだと言い換えても間違いではない。

野球だけではなく、あらゆる団体競技というものはチームプレーが肝要であることはわかりきったことだし、選手も監督も昔からそうやってきた。何で今さら全員野球なんていうのだろうか。

ゲームを勝利に導く力、つまり全員で形成する総戦力は各人の平等な力の集積ではなく、投手力というものが総戦力の大きな部分を形成しているのが実際だ。だから勝利に対する貢献度は全員が同じであるとはいえぬ。

投手が良ければそのチームは強いということは誰もが知っていることである。監督だって、全員野球だからと言って好投手を適《たま》にしか使わないなどということはない。勝つためには時にはオーバーな登板の指示をも辞さないのである。

このようにみてくると、スター選手だけでなく控え選手も含めたチームワークで戦うことが全員野球だと言っても、それは眉唾物であり、実際には、監督はスター選手の効果的な使い方に多くの智慧を消費しているのだ。だから全員野球などというものは存在しないのだ。

一方、野球以外のことでこの語句が近頃よく使われているのに出会《でくわ》す。政治家が使うのである。ただし彼等が使う全員野球の意味するところは、野球人の使い方とちょっと異なっている場合がある。

その一つに派閥均衡を示唆する意味で「全員野球で」と言ったある派閥の領袖がいた。また謙虚さを示そうという下心で「全員野球で」と言った大物先生もいた。

歴代の首相や党首たちも心の中では、己れ一人のリーダーシップで必ず事成ると思っても、そうは口に出して言わない。吾らが社会では謙譲を何よりも美徳とするからだろう。

以前、民主党の党首選で、菅直人氏が勝ったとき、その直後の演説で「これからは四一二名一丸となって…」と言った。まああの表現だと私は思った。しかし今回初めて閣僚になった某氏は、私の嫌いなあの言葉、「全員野球で頑張ります」と言っていた。

一位と二位

テレビのニュースで議員の蓮舫さんをみた。以前、民主党が自賛の事業仕分けの中継場面である。たしか次世代のスーパー・コンピューターを研究している施設の職員が「この分野の研究で世界の一位を目指して刻苦勉励していますので、斯く斯くの予算は必要であります」と述べた。

すかさず蓮舫女史は「一位じゃなくちゃ駄目なんですか、二位ではいけないんですか」と聞き返した。美しい顔だが、好き嫌いは人によっていろいろだろう。

世の中のいろんな出来事のなかで、一位と二位とでは驚くべきほどの差がつくことがある。ほんのわずかな差でしかないのに、大袈裟に言えば天地ほどの差になってしまうこともある。このことを思うとき、いつも思い出す戦後間もない時の一幕《ひと》、二幕《ふた》がある。

たしか昭和二十二年（一九四七）のことだったと思う。古橋広之進が水泳の四百メートル自由型で世界新記録を出した。敗戦で打ち拉《ひし》がれていた日本人にこの朗報は初めての笑みをもたらした。このあと彼は何回も記録を更新し、また千五百メートルでも世界新を出した。そのたびごとに彼の活躍は、新聞の写真や、ニュース映画で報じられた。

ところでこれらの写真や映画をみると、いつもタッチの差で二位になってしまう選手がいた。橋爪四郎である。

古橋と橋爪はともに日大の水泳部の部員で同級生であった。この二人は、各種の水泳競技大会でも必ず決勝に勝ち進んだ。戦った種目は自由型四百、と千五百である。ほとんどの試合でこの二人だけが他を排して決勝で激突した。

いつも古橋が橋爪を制した。しかしその差は千五百でも一メートルもなかった。四百ではわずかタッチの差であった。それでも必ず古橋は一位、橋爪は二位であった。

古橋は後年、日本の水泳連盟のトップをつとめるようになり、晩年にはＪＯＣの会長にもなって活躍した。橋爪は卒業後どんな人生を過ごしたかは知らない。新聞や、テレビなどで報ぜられることはなかった。

一位と二位の差は千五百メートル泳いでわずか一メートルであった。

老いの繰り言（二）

人類の存続

一万年前の地球上には一億人くらいの人間が生息していたといわれている。二十世紀の初頭になると世界の人口は約十六億人になった。一万年の時間経過のなかで十数倍になったのである。人口数からいえば約十五億人増えたことになる。

二十世紀初頭に十六億人だった地球上の人類は次のたった百年の間に四倍に増えた。数でいえば約六十五億人になってしまった。

それでこれからどうなる。このままでいいのか。

人類の数は二十世紀という百年間に四倍に増えたのである。単純に次の百年間にも同様に四倍に増加するとすれば、六十五億人の四倍、二六〇億人に増大してしまう。

これと言った生態学的な知識など持たぬわたしでさえも、そんなに増えて大丈夫なのかよ、水、食料は大丈夫なのかよ、と気が気でない。人類の存続危うしと感じざるを得ない。さらに夢のような話であるが、科学、技術なるものが発達発展を極めて、水は海水より、食料は工業化した人工農場より思うままに入手できるようになったとしてもこれらの手段は人類存続の根本的な解決策とならぬ。

現実に立ち帰って真面目に考えるならば、地球上に人類が生き残るには直ちに人口の制限を実施するより他に手段はない。人口制限は出産の制限、すなわち避妊法の実施あるのみである。

現今、少子化対策なるものが論じられているが、目的とされているものは、少子化のまだと高齢者への援助が不十分になる、それを避けようというものであろう。今日の社会では、高齢者は若い世代の人々によって、生活や医療費などの援助を受けているのである。したがって少子化が起れば、その時期の高齢者は不足がちな援助しか受けられない状態になる。

しかしその不幸な時期は五〇年、いや三〇年ほどしか存続しないはずだ。やがて少子化した世代が高齢者になるからである。この不幸な時期に遭遇した方々はお気の毒だが、諦めていただくより仕様があるまい。

わたしはこのように考えている。少子化対策は理性的、合目的的に行え、そして長期間にわたって存続せよ、である。そうすれば人口はバランスよく減り、やがて安定するだろう。日本については心配はあまりない。途上国その他の面々が、人口の抑制に努力するかどうかが問題だ。

このように小論を書き終えて、しばらく経ったある日、読売新聞に、「世界人口二一〇〇年一〇一億人」という見出しで短い記事がのっているのが、ふと目にとまった。国連の発表として、アジア、アフリカ諸国の高出産率などの影響で、二一〇〇年には約一〇一億に達するとの見通しを示した。

日本の人口は二〇一〇年の約一億二六〇〇万から、二一〇〇年には約九一三〇万に減少、平均寿命は男女合わせて九二・三歳になる。中国の人口も約九億四一〇〇万に減少する。しかしインドでは約十五億五〇〇〇万と人口の増加が予測される。

これらの数字は国連の専門機関の示すものであるから多分間違いなかろう。二十一世紀の百年間でも世界人口は当初の二倍近くになってしまうので、このままでは益々人類の存続は希望薄になるだろう。

女性哲人（女哲）

本論に入る前に一言駄弁をお許し戴きたい。

『 』は『広辞苑』よりの引用です。

女傑とは『女子で傑出した者。女丈夫』とある。傑出とは『他からとびぬけてすぐれていること』。また傑一字の意味は『あらあらしいこと』とある。

それでは女性の哲人や哲学者を女哲をいってもいいか。哲一字の意味は『①あきらか。②さとい。③しる。④かしこい人』とある。だから女子でかしこい人を女哲といってもいいのではないか、このように思った。

しかし哲婦『賢明な婦人』というのはあるが、哲女とか女哲とかいう熟語は広辞苑にも大言海にもなかった。だからこの先は使わない。

女性の哲人と称するに値する学者や、文筆家はかなりおいでになると思う。また（自然、人文をふくめて）科学書も文芸書も、それらの論評書も、これらの賢女によるものが沢山ある。でもわたしは今までに女性の書いた哲学書といえるものを見たことも、読んだこともない。ここでいう哲学とは『世界・人生の根本原理を追究する学問』ということで、プラトンやカントや西田らが追求した学問の意味である。

わたしが不勉強のために女性が書いた哲学の本に会っていないだけなのだろうか。いやそうじゃない。何人かの知識人に聞いてみても、「そう言われてみれば、そうだな」という返事が返ってくる。

彼女らの論評とか随筆といったものには社会論的あるいは人生論的な記述もあるが、いつも母としてとか、女性としてとかの立場の視点に立ったもので、前述のような哲学の立場から論考したものではない。

そこで図書館へ行ってみた。パソコンで調べてもらうと、大学の哲学科の女性教授は現在の日本には何人もいらっしゃる。これは意外だった。著述もある。がしかし、学会誌や研究論文であって、一般的な単行本の出版例はみつからなかった。

某女子高校の女の先生から聞いた。フランスにボーヴォワールという女性哲人がいる、『第二の性』(一九四九年初版)というのが代表的な本だと。図書館より邦訳の『第二の性』(岩波文庫)を借りてきた。ほんの数行だけ御紹介する。

女は男を基準にして規定され、区別されるが、女は男の基準にはならない。女は本質的なものに対する非本質的なものだ。

この本もわたしの期待していた普遍的な哲学の本ではなかった。

どうしてなのだろうか。同じ人類なのに。世界の隅々のことはもちろん知る由もないが、人類の違いなどに関係なく、女性の哲人はいないのではなかろうか。少なくとも著明な体系的な哲学書は大昔から今日に至るまでないようだ。

女のホモ・サピエンスと男のホモ・サピエンスとは精神心理学的には多少異なる生物なのだろうか。もちろん身体的には多様に異なっているが、脳全体、脳組織や、脳細胞内外の微量化学物質などに違いがあるとは思えない。エストロゲンは精神作用をも変えるのだろうか。

逆に男の哲人は男性としての立場を特に強調して論述することはほとんどない。自分でも気づいていないだろうが、脳（あたま）のすみには、女は男を基準にして規定され、女は本質的なものに対する非本質的なものというしみがあるのではなかろうか。

蓮如五百年遠忌の想い出

今年（二〇一一）、四月の初め頃から、NHKラジオ第2放送で五木寛之作『親鸞』という小説が朗読されている。今年は親鸞の七五〇回忌にあたるとどこかで読んだ。ベテラン・アナの加賀美幸子さんの朗読が、なかなかの味のある内容に、さらに情趣をそえている。わたしも楽しみにしてこの時間帯を忘れないようにしてスウィッチを入れる。

五木氏の名前を聞いて、想い出したことがある。だいぶ前（一九八八年）に京都の東本願寺で蓮如上人入滅五百年遠忌という法要があり善男善女による団体のツアーがあった。当夜ホテルにおいてゲストとして参加されていた五木氏の講演を聴いた、それを想い出したのである。

わたしも檀家寺の大黒さんにすすめられて参加した。これといった信仰心もないのだが、京都、お寺、法会といったものに親しみを感じたからかもしれない。

出発日の朝、集合場所の東京駅日本橋口、団体待合所に妻と二人で行った。すでに二百人を超す人が雑然と集合していた。所どころに、目印になる小旗が立っており、そのほとんどは紫色に白抜きの文字で、何々寺と書かれてある。極くふつうの団体旅行の風景とはちょっと違うなという感じがしたものだった。

またこの参拝旅行の案内記には浄土真宗では大谷派、本願寺派、その各々が一万寺、一千万門徒を擁すると述べてあった。この数字はあながち誇張ではないようで、ひろさちや著『仏教の知識百科』（主婦と生活社）によると、浄土真宗は、親鸞の血脈を中心とする大谷派（東本願寺）、本願寺派（西本願寺）の二派をはじめとして、高田派、興正派、仏光寺派、三門徒派、出雲路派、山元派、誠照寺派、木辺派と計十派に分かれている。信者数約一三〇八万人、寺院数約二万一千。と記されている。

昼前に京都に着いて、すぐバスで東本願寺に向った。烏丸通りに面した長い築地塀《ついじべい》の白を背景にして、緑、黄、赤、白、紫のたて縞の旗が何十本か立ち並んでいて、華やかなお祭（？）気分を伝えていた。

本廟境内で行われた記念行事は三月初めより二か月間開催されたが、なんといっても蓮如上人が入滅された四月十六日の五百年遠忌と、その前日の初逮夜《たいや》の法要が中核である。

やがて千人を遥かに超すと思われる人々が、団体ごとに整然と御影堂《ごえいどう》の内に案内されて、着座した。この大広間は畳の数が九百余あるとのことで、正面には宗祖親鸞上人の木像が安置されていた。

まず音楽で始まった。雅楽のような音楽であった。わたしの耳には、太鼓、鉦、笙《しょう》、ひちりき、その他の楽器の合奏のように聞こえ、音量も甚だ大、かつ強であった。

僧達が二、三十人ずつのグループで入場してきた。初めのうちのグループは、若い僧達のようであった。それはこれらの僧の頭が黒ぐろとしていたからである。真宗では僧侶といえども剃髪せずともよいことになっているそうだが、わたしは反対だ。また僧衣、袈裟《けさ》も実に華やかである。緑、白、朱、海老茶の僧衣に、金、銀、白などの袈裟をかけていた。

丹羽文雄作『蓮如』（中公文庫）には、

蓮如は生涯、薄墨色の紋のある衣で押し通した。（中略）山科本願寺には次第に道場的な雰囲気が失われ、堂々たる寺院に生まれ変わっていった。それにふさわしい香衣、紫衣を着ようと、むしろその方がふさわしかった。が、蓮如はかたくなに薄墨色の、紋のある衣を用いた。

と書かれてある。

同じ色の僧衣のグループは二、三十人からなっており、音楽が響くなか、次々と入場して来た。総勢百人は超えていた。最後に大谷暢顯《ちょうけん》門首が入場、着座した。紫の衣、緋の袈裟という装いであった。

初逮夜法要は正信偈《しょうしんげ》の大合唱で始まった。正信偈とは、親鸞の主著・教行信証にでてくる偈文《げもん》（仏の徳、教えを賛美する詩）のことである。これを僧侶はもちろんのこと、参列の門徒の衆全員が節をつけて大合唱していた。絶叫にも近い大声でうたうのである。大合唱は、うたっている善男善女を恍惚とした法悦のなかに取りこんでいった。

このあと和讃というものの合唱があった。これは平易な言葉で七五調の句をつらねた仏教讃歌の一種であり、よりリズミカルでわかりやすく、法悦を醸し出す力はさらに大きい。蓮如はこの手で門徒衆に嬉し涙を流させたに違いない。

この夜わたし達のグループは京都国際ホテルに宿泊した。東京二組と称される三百人余の人が一堂で晩餐をともにした。その折、五木氏の講演があった。内容は彼の著書『蓮如』に述べられているものと同様で核心を抄記すると、
親鸞の思想には、近代的な透徹した知性が感じられます。それはいわば父親のきびしい「慈愛」のような気配があります。

しかし蓮如の言動には前近代的な、一種どろどろした大衆の情感がただよいます。それはいわば母性的な非合理の「慈愛」を感じさせるものです。（略）

さすがに堂に入った話しぶりであった。プロの講演はかくやと感心したことを覚えている。

翌朝も清々しい、いいお天気であった。ロビーの大きなガラス越しに、日本庭園がしつらえてあり、いとど京都らしさが感じられて嬉しい心持ちにしてくれたことを今でも忘れられない。

来《こ》し方《かた》を想う

「来し方、行く末」という言葉がある。

行く末は思うまでもなく、わかっている。だが来し方は九十年、長すぎて思うに苦慮する。

記憶に関する、脳科学上の解明が今日どんなレベルにあるのだろうか、もちろんわたしにはわからない。外界の事象が、耳、目、肌を通して脳に記録され、一定の時間を経て、また脳がその事象を再現して認識することが、記憶というものなのだろうか。

わたしはふと、自分の来し方の記憶、それも外界（社会）で起ったもっとも古い事象の記憶のいくつかを記してみようと思った。またその後も含めて、一番強い、忘れもしないという出来事の記憶も記してみようと思った。

皇太子さま誕生

小学校にあがる一年前、昭和八年（一九三三）のことだ。今でもかなりよく覚えている。この年の暮れ近くのことである。天皇陛下（のちに昭和天皇と称された）のお子さまが近くおうまれになるらしい。男の子がおうまれになったら、直ちにサイレンが鳴ることになっているんだ、ということを親から聞いていた。

（追考）後から聞いた話であるが、どうしてサイレンを鳴らすのかということである。それは皇室はじめ、一般国民も、切に男子誕生を望んでいたのである。それまで四人の御誕生があったが、すべて女子であったので、今回は男子を、と切望していたからである。第一子、東久邇《ひがしくに》成子《しげ》さま。第二子、夭逝。第三子、鷹司《たかつかさ》和子《かず》さま。第四子、池田厚《あつ》子さま。第五子、明仁《あきひと》さま。

皇太子御誕生の直後か、数日たってからか、ラジオから唄が、一日何回も流れてきた。誕生を祝う、明るい、弾んだ、朗らかな節《ふし》だった。年明けに一年生になるわたしも、すぐ覚えてしまって、九十歳になっても覚えている。歌詞も曲もである。

〽日の出だ　日の出に　鳴った鳴ったポーポ　サイレンサイレン　ランランチンゴ
夜明けの鐘まで
天皇陛下お喜び　みんなみんな拍手　喜しいや　父さん　皇太子さま　お生まれなあた
(だが御誕生の朝、私はサイレンを聞いた覚えはない。まだ蒲団のなかで眠っていたのだろう。)

エチオピア戦争

小学校へあがる前のことだったと覚えていたが、本当は二年生の昭和十年(一九三五)のことだった。配達された新聞に大きな、きれいな(色刷だった)地図が挿入されて、入っていた。

その地図はアフリカにある、エチオピアの地図だと母親が教えてくれた。そして新聞には大きく、イタリアって国の軍隊がエチオピアに攻め込んだと載っているとも話してくれた。またエチオピアの首都は、アジスアベバというんだ、とも教わった。変な名前だなあと思った。それだけしか覚えていない。

（追考）イタリアのエチオピア侵略戦争、第一回は一八九五年、イタリア軍の大敗に帰したが、ファシスト政権成立後の一九三五年、植民地獲得のため第二回のエチオピア侵攻が開始され、三六年イタリア領に編入、第二次世界大戦の原因の一つとなった。（『世界原色百科事典』小学館）

二・二六事件

小学三年（昭和十一年）二月二十五日は昼前から雪が降り出した。夕方には二十センチ近くになった。この日、夕方に四、五丁離れた菓子店に、雛あられを買いにやらされたので、よく覚えている。履いた長靴の上の方にまで雪が来ていた。

翌朝、学校に行ったら、教室の入口近くに受持ちの先生が立っていて、「今日は授業はない。すぐ家に帰って、決して外に出てはいけない。」って言われた。どうしてだ、何でだ、全くわからずに、今来た、黒く薄汚れた雪道を引き返して、家に帰った。

後から父親から聞いた。在京の軍の一部が企てた反乱、二・二六事件が起った朝のことだった。でもわたしはいつものように外へ出て、友達と遊んだ。事件は東京の中心部で発生し、展開したが、激しい戦乱にはならなかったとのことだった。天皇陛下の「兵に告ぐ!」という命令がラジオ放送によって下されたためだと教えられた。

上野—松戸間電車開通

多分昭和十一年だったと思うが、上野—松戸間に電車が走るようになった。常磐電車と称された。鉄道省が管轄していたので山手線も中央線もすべて省線電車と呼ばれていた。それまでは北千住から上野に行くのには汽車だった。ホームにも、町家の屋根にも、黒い煙が降りかかった。またホームに汽車が着くと、「べんとうー、べんとうー」と大声を出して、弁当売りが走った。一、二分は停車していたようだった。

北千住駅には東武電車のホームも併置されていて、東京市の中央部に行くには、これで浅草を経て地下鉄・銀座線を使った。またもう一つ、市電(路面電車)で、三輪、上野、日本橋と行くことができた。忘れないのは、千住大橋から船(ポンポン蒸気)で浅草まで行けた。料金は子供五銭であった。

太平洋戦争

昭和十六年（一九四一）十二月八日、朝七時ちょっと前に学校に行くため、靴を履き、ズボンの裾を折りたたんでゲートルを巻いていた。中学二年だった。

突然けたたましく警報のような音がラジオからとび出してきた。

「大本営陸海軍部、十二月八日午前六時発表。本日未明。帝国陸海軍は、北太平洋において、米国及び英国と戦闘状態に入れり」と二回繰り返した。力強い、明瞭な声だった。

（大本営発表の文言も、私の記憶通りだったと思っている。）

「あっ、いよいよ戦争が始まったんだ！」、「アメリカなんかに負けるもんか！」と思った。

学校へ着くと、同級生達も、先生達も「負けるもんか！」と皆そう言った。先生のうち一人だけ、むずかしい顔して「難しいよ」と言ったのを覚えている。M先生という英語の先生だった。先生は戦後しばらくして、九州大学の教授になられた。

さて、初戦は、思った通り戦勝のニュースが毎日わたしたちを興奮させた。山本五十六大将の率いる連合艦隊が、夙《つと》に択捉島基地を出航し、北太平洋を航海、ハワイに接近、空母より発進した攻撃機隊がオアフ島、パールハーバーの米軍基地を攻撃し、施設や艦船に多大な損害を与えた。翌年一月一日の新聞にはその模様の写真が、何面にもわたってデカデカと掲載された。

一年も経ぬうちに、日本は東南アジアから英米仏蘭の軍隊を追払《おっぱら》った。そしてこの地を大東亜共栄圏と称え、この戦争を大東亜戦争と呼称した。しかしそれも束の間の夢で二年目頃よりは、主に米軍の反攻により戦局は一変し、敗色を濃くしていった。

東京炎上

昭和二十年（一九四五）三月九日深夜、空襲警報が暗夜を翔《か》け廻《めぐ》った。しばらくすると、東南の空が赤くなり、それがみるみると明るくなり拡大していった。

わたしは旧制高等学校の一年生の終わり、十七歳だった。その夜、E君の家に泊まっていた。E君の両親は埼玉県に疎開しており、家はE君独りで守っていた。

赤い空の下は、米軍機の無差別爆撃により猛火の海となっているに違いない。本所・深川方面のようだ。

翌朝、表に出てみると、被災した人達が三々五々と歩いて通過する。みんな無言だ。子供達さえ黙っている。

E君の家は千住警察署の斜め前にある。そこを出て日光街道（国道四号線）に足を運んでみた。今でもはっきり覚えている。なんと悲しい惨い景観だ。何千人という被災者の群列が続く。さして多からぬ荷物を背負ったり、手に下げたり、子供を背負ったり、両手に引いたり、蒼白な顔、沈黙の口元、粗末で不揃いの履物、雪上がりの黒く、びしょつく国道を北へ向って歩を進める。太い長蛇の列は蛇尾がない。このとき、十万人の命が奪われた。


このあと五月には、東京の西北部が焼滅させられた。またさらに、○○市と名乗っている日本中の都市は、ほとんどが無差別爆撃を受けた。日本中の街が灰燼に帰した。

ただ後から感心したことが一つだけある。それは、米軍は京都市、奈良市だけは爆撃しなかった。文化遺産の重要さについて熟知していたのだ。アメリカの本戦争に対する、綽々《しゃくしゃく》たる余裕を感じざるを得ない。

敗　戦

昭和二十年（一九四五）八月十五日は雲一つない猛暑日だった。正午にラジオを通して、天皇陛下からのお言葉があると、この日の朝から何回も予告の放送があった。

わたしは四、五日前から日本が敗戦したことを同級生のO君から聞かされていた。彼の父親は政府高官の一人であった。彼O君とは共に勤労動員で、志村の日東金属という軍需工場に毎日通っていた。がしかし、わたしは敗戦の話を聞いてからは、工場に行くのを止めた。

八月十五日の正午、天皇は自らの声で国民に告げた。敗戦とか、降伏とか、という言葉はなく、「ポツダム宣言を受諾せんとす」と申された。同宣言は「一九四五年七月二十六日、ポツダムにおいてアメリカ合衆国、中華民国、イギリス（後にソ連が参加）が日本に対して発した共同宣言。戦争終結、日本の降伏条件と戦後の対日処理方針とを定めたもの

（略）／『広辞苑』」

八月十七日の昼頃、同級生のA君から電話がかかってきた。「今日これから、宮城前に行かないか」と言ってきた。「おお、行こう」と即答した。そして東京駅正面口で会うことにした。

山手線の電車はふだん通り動いていた。ほかの交通機関もふだんと変わりなかった。電車が上野から東京駅に近付くと、いくつものビルの、屋上や、窓から白い煙がもうもうとあがっていた。官庁などが、記録や、書類などを焼却しているのだな、とその時すぐ気がついた。

二重橋前の広場には三、四十人の人々が佇んだり、地に座したりしていた。わたしもA君も前に進み出て、跪いて橋の奥の松の木を凝視した。悲痛な思いに駆られて顔を伏せ、額を衝いた。

帰途についた二人は、あまり口も利かなかった。わたしはこのあとのわたしや家族のことを考えていた。どうなるか全くわからなかった。この時、両親と三人の弟妹が満州の奉天（中国・瀋陽の旧名）に居た。

Ⅳ　かみ・ほとけ

千社札《せんしゃふだ》

つい何日か前に、テレビで秩父三十四ヶ所の観音霊場を巡る番組をみた。ぼやっと眺めていたのだが、突然脳を過《よぎ》ったものがあって、慌ててメモした。四番金昌寺、三十一番観音院と走り書きして紙にとどめた。

何故そんな一瞬の行いが突発したかというと、かなり以前から、ふと折にふれてあれって何んだろうという疑問が浮沈していたのである。あれってというのは誠に唐突ながら、千社札のことだったのである。

神社やお寺の門や、本殿、本堂や水屋（手洗所）などの柱や、梁、天井などに短冊状の紙が数多く貼られているのをみる。あれが千社札といわれているものである。自分の名前や屋号に類する文字（題名という）を書き記したもので、黒摺一色のもの、カラー摺のものもある。文字だけではなく、絵や模様が摺られたものもある。これらを貼ってお参りすると大変ご利益があるのだそうである。

先ほど秩父霊場巡りのテレビに映った寺院には、山門、本堂の柱、壁に千社札が目一杯にびっしりと下地がみえないほどに貼られているのが映っていた。ここのお寺は昔からも、今も参詣者が多く、霊験も殊《こと》に灼《あらたか》であるということを誇示しているかのようだ。この本堂の前で、群集とも呼べるような多数の参詣者が手を合せているが、その人びとは貼られている数多《あまた》の千社札群をどう観じておいでなのだろうか。

千社札を貼る人びとは、神仏にお参りして、額衝《ぬかづ》いて手を合せ、商売繁盛、家内安全などなどをお願いするのであるから、いいことをしてるんだと思っているのだろうが、わたしをふくめて、千社札なるものが貼られているのは目障りだと眉をひそめる人もかなりいるのではないか。ただ眉をひそめるだけで、何故だ、どうしてだ、では札の本性《ほんしょう》は如何《いかが》、と問われても即下に確答ができないのは口惜しいが、書物に授けてもらうことにし、『千社札　道喜三』（編集・斉藤香、ピェブックス）という本から抄記する。

千社札の起源は、室町時代頃から、伊勢参りや西国三十三ヶ所・四国八十八ヶ所・坂東三十三ヶ所霊場巡りが盛んに行われていた。社寺に参詣した記念のために、あだ名のような名前を書いた札を「題名納札」として貼ることが信仰、信心のなかに生まれ、ここから千社札が自然に発生してきたと考えられる。

さらに起源をひもといてみると、九九五年に花山院入覚法皇（六五代花山天皇）が熊野の那智から美濃の谷汲までの西国三十三ヶ所で、一ヶ所一首の歌を詠じ、石摺御判の札を貼ったのが最初と言われている。（略）

もともと千社札（納札）は木で作成されていた。木札を箱に入れ持ち歩き、神社仏閣に信心のため打って歩いていた。…

紙の札が作られ始めたのは、天明の頃（一七八一〜一七八九年）で、…その後、だんだん紙の千社札を貼ることが盛んになり、さらに貼る現場でお互いの札を交換し、交際を結ぶようになった。これが交換会の始まりである。

やがて、交換会が盛んになると、どこかしらの交換会に入っていないと「モグリ」と言われ、そうした者が札を貼ると、剥がされたり、上に貼られたりした。こうして、紙札と交換会の発達により、札を貼ることに加え、交換することも重要な目的となった。

それにともない浮世絵師の手による、色鮮やかな多色摺りの札がもてはやされるようになり、お金をかけて札を作ることは、一種の娯楽となっていった。

幕末になると、「連」と呼ばれる千社札を愛好する団体がいくつもできる。「連」ごとに「標」いわゆるマークを決め、標や、共通の画題を摺った札に、各人の題名を入れる「連札」といわれる形式の交換札も盛んに作られるようになる。ちなみに「千社札」は、せんしゃふだと発音し、せんじゃと濁らないのが正しいといわれている。

とこのように、納札の流行に一部の江戸っ子は夢中になったり、時には燥《はしゃ》ぎ過ぎることもあったようである。

また一方では、信者獲得や寺社財政の意企から、社寺のほうから千社札納札の働きかけもあったらしい。反対にあまり多くの納札者が押しかけるようになると、千社札を好まない社寺も現れてきたのは当然の成り行きだろう。

わたしも子供の頃から、また大人になってからも御府内の社寺を訪れることはよくある。でも今までは、お札のことは気に留めていなかったので、そこの納札の状態がどうなっていたかなどという記憶など全くない。今回お札貼りが気になった機会に都内の近くの社寺を訪ねてみた。

東叡山清水観音堂

上野公園の黒門口から上って左手の高台にある。本堂をはじめ、どこにも千社札は見当たらない。告示板が立っていた。〝重要文化財につき千社札はお断り致します〟と書かれてある。

下谷神社

上野駅前から浅草・駒形橋に向う大通りを四、五分歩いた所にある。門と水屋（手洗所）に千社札が貼られてあったが、拝殿には全くない。また告知するものは何も見当たらなかった。

神田明神

神田祭りはこの大明神の祭礼で、山王祭（日枝神社）と共に天下祭と呼ばれ、江戸の祭の代表である。江戸っ子の一番人気の神田明神を訪ねてみた。

昔から江戸っ子の憬れの納札所ではなかったかと想像していた。今回訪ねてみてびっくりした。千社札は社殿、門、どこにも貼られていない。納札を禁止しているんだ！

あちこち視ていると、表門の裏手に告示板があった。写しとってきた。

〈納札の心得〉

境内に納札碑が建立されました。これを記念として千社札納札所が設置されました。納札所の掲額に題名納札を行う場合には神社に許可を得て下さい。

千社札の大きさは一丁札に限らせていただきます。その他には美観を損ねたり、塗装破損の原因になりますので全面禁じております。

このように横書きで書かれており、これに続いて建っている小さな休息所の内壁が納札所になっていた。

浅草寺（観音さま）

日本一有名なお寺である。千社札は寺内の建物の、ありとあらゆる所に見当たらない。雷門を通り、仲見世通りを行くと宝蔵門がある。この二つの門の脇にそれぞれ告知板があった。〝千社札・広告等の貼付を禁じます〟と書かれている。

浅草神社（三社さま）

浅草寺本堂の右隣に垣を廻らせた三社さまがある。一寸八分の黄金の観音像を川底から拾い上げた漁師の桧前《ひのくま》浜成、竹成と、像を祭った土師真中知《はじのまつち》の三人を祭神としたところから三社さまといわれる。

告知板はない。門、本殿には貼り札は一切ない。しかしよく視ると、水屋の柱、天井には千社札が多数貼られていた。

湯島天満宮（天神さま）

有名な学問成就の神、道真を祭る。湯島の白梅も有名。納札禁止の告知板は見当らなかったが、千社札はどこにもない。小型の絵馬が梅の枝や、絵馬かけに無数というほど掛けられている。

帰りがけにひょっと見たら、休憩所になっている建物（なぜか湯島神宮という扁額がある）の柱、内部の天井などには千社札がかなり多数貼られていた。

西新井大師総持寺（お大師さま）

告示、心得など書かれた大型の立札はあるが、千社札禁止の文言はない。本堂には札など一切貼られていないが、山門、鐘撞堂、水屋には多数の千社札が見られる。

このように見てくるとどうも、有名な、格式の高い、参詣人の多い社寺では千社札を嫌っているようである。今回わたしが廻って見た社寺では、少なくとも拝殿とか、本堂とか、最もメインな建物には千社札は見られなかった。

それでも昔ながらの風情を水屋や鐘堂に、ささやかながら留めているお札達がある。それも目障りなと言うのは、いかがなものか。いささか無粋じゃなかろうか。

お経

子供の頃から法事でお経を聞いているのが嫌だった。大人になってからも、さらには超高齢者になってからも、どうも苦手である。大勢のなかにはお経をじいーと聞いていると落ち着いたよい気持になるんだよと言う人もいる。

だがわたしは駄目だ。ちっとも解らないし、うっとりするほどの美声の坊さまもそうはいない。老いてもただ習慣に逆らわず我慢して、音の流れのみ意識して時間を過ごしている。近頃は坊さまもその辺のことを察知して読経時間を考えておられる。わたしの子供の頃のお経のあげかたに比べると遙に短くなっている。

もともとお経は法事に参列している、今この世に生きている者達のためのものではなく、あの世の人や、御先祖さまの冥福や康寧《こうねい》を願って供養し、坊さまに読経していただくものなのだから、少しの間《あいだ》だから我慢して聞いていなければいけないのである。

ところで、お経の一番初めのところには「如是我聞《にょぜがもん》」と書かれている。「わたしはこのように聞いた」という意味である。誰から聞いたのかというと、それは釈尊《ブッダ》からで、お釈迦さまはこのように言われたのであるということを意味しているのである。

ではお経というものはすべて、ブッダの教え、諭しなどの言葉を記載して経本にまとめたものかというと、「その通り」と明確に言い切ることも難しいらしい。

『日本仏教史』(末木文美士《すえきふみひこ》、新潮文庫)という書物には、その辺りの事情が詳しく述べられている。仏教には素人のわたしだが、できるだけ短く、やさしくまとめて読者子に御紹介したいと思う。便宜上わたしの言葉に言い直して記述することをお許しいただきたい。なお他の仏教書からも引用している。

部派仏教

仏典の編纂作業はブッダの滅後間もなく開始されたのだと伝えられています。仏弟子達が大勢集まってブッダの教えや戒めを確かめ合いました。これを結集《けつじゅう》といいます。こうした会議のあと、少しずつまとまっていったブッダの思想が原始仏教といわれるものであり、さらに後になって文書化されたものが原始経典であります。

原始仏教の実施にあたっては教団も成立しました。しかし早くも第一次結集の段階で、保守的な長老たちと進歩的な一般僧との対立がみとめられたのです。

紀元前二五〇年頃になりますと、進歩派の比丘たちは自派だけで結集を行うようになります。こうして教団は、保守的な上座長老の上座部と進歩的な大衆部に分裂してしまいました。また上座部も大衆部もそれぞれさらに内部分裂を起し、多数の部派を数えるに至りました。そういうことから当時の仏教は部派仏教と呼ばれるようになりました。

大乗と小乗　仏教東遷

紀元前一世紀頃から、部派仏教の在り方を批判して、実践的な信仰を求める運動が起るようになりました。

部派仏教は僧院の修行者集団による仏教であり、自己の完成（自利）によって成仏を求めるものです。これに対して、出家、在家の区別をこえて、広く人間の救済（利他）を求める仏教信者たちは、自分たちの教えを、多くの人びとを悟りの境地に運ぶ偉大な乗物という意味で、大乗と呼んで誇ったのです。さらに部派仏教の形式的な仏教を見下《くだ》して、小さい劣った乗物、すなわち小乗と呼びました。

大乗経典は紀元前一世紀頃から七世紀にかけて、当時のインドの文書語であるサンスクリット語（梵語）によって文書化され、広く普及しました。大乗仏教は中央アジア（西域）を経て一世紀頃、中国に伝えられ数世紀の間に多数のインド仏典が中国語に訳されました。

多くの学僧のなかから特に有名な三人をあげてみます。

鳩摩羅什《くまらじゅう》は西域の亀茲国《きじ》（クチャ）の人、四世紀末に後秦で訳経に従事しました。彼の翻訳は大変すぐれていて、「法華経」「維摩経」「阿弥陀経」など主要な大乗経典は彼の訳で普及し、今日でもそれが用いられているそうです。

それから五世紀初めの東晋の法顕《ほっけん》と、七世紀前半の唐の玄奘《げんじょう》がいます。法顕はインドで三年滞在して梵語・梵文を学び、前後十四年の旅を経て帰り、「大般涅槃経《だいはつねはんぎょう》」などを漢訳しました。玄奘も出発から帰国まで十六年を経ました。「大般涅槃経」「倶舎論《くしゃろん》」など多数の仏典を翻訳しました。また「大唐西域記」はその時の旅行記で、「西遊記」の元種《もとだね》になっています。

日本には仏教は、仏典と仏像とともに五三八年に百済から伝わったといわれています。仏典はもちろん漢訳されたものです。しかしわが国では和訳の労をとることもなく直ちに理解されました。漢文訓読という世界でも稀な、語学上の秘術をもっていたからです。日本の仏教者は容易に経典の真髄をとらえ、学問的な議論を積み重ねました。極く単純なとらえ方ですが、奈良時代は国家鎮護のための仏教で、毘盧遮那《びるしゃな》仏はその表徴でしょう。平安仏教は貴族社会にひろまり、鎌倉新仏教といわれるようになって、やっと庶民、衆生に仏の慈悲が行き渡るようになりました。江戸時代になると幕府は寺檀制度を強要するようになりました。これは寺院と檀家との関係を固定化させ、それによってキリシタンの禁制を徹底させようとしたのでした。

この間、日本では古代から近代までの長い間、お経といえば原始仏典でも、大乗仏典でもすべてブッダが説いたものと信じ切っておりました。ブッダが説いた教典だからこそ尊いもので、その確信は仏教信仰の原点といってもよいものと思われてきました。ところがそうではないと言って、いわゆる大乗非仏説論を唱えたものが江戸中期におりました。

大坂の町人ですが学者の富永仲基《とみながなかもと》という人物です。大乗仏教は釈尊自身の説いた教えではなく、のちの加筆によって成立したものだと論じました。当時ですからこの論考は無視されて終わったようです。さらに明治になってからも、この大乗非仏論を主張して、僧籍を剥奪されるという事件もあったようです。

しかし明治以降は、仏典の成立も学問的に研究が重ねられて、ブッダ自身の発言による部分と、後から付け加えられた部分との乖離がかなりできているようです。例えば、今ではこんなふうに言われています。

二〇一一年の四月から始まったＮＨＫ教育テレビのテキスト「ブッダ最後の言葉」（田上太秀著）の冒頭で、

…じつは、仏教の経典には紀元前に編纂されたものと、紀元後に創作されたものとがあります。前者は釈尊の説法を記憶し、釈尊の死後、それを文字化して読める形にした経典です。…

一方、後者は、この文字化した経典を紀元後の仏教僧が読み、それをもとに新たな仏教運動を起し、それまで仏教僧が占有していたブッダの教えを、広く民衆にわかる形で、また時代の求めに応じた方法で説法し、教化《きょうげ》するための手段として創作したものです。したがって、紀元後の創作経典は、釈尊自身が説法した教えではありません。創作経典とはいえ、釈尊の教えを汲んでいないわけではありません。

と、このように述べられています。そういうわけで、現在わが国で仏教者によって読誦《どくじゅ》されているお経、例えば法華経、阿弥陀経、般若心経などなど、みんな創作経典なんだそうです。

お経はこのような経過でつくられ、伝わってきたものですが、今では僧侶や宗教研究者などのほかには読む者はほとんどいないのではないでしょうか。

しかし平安・鎌倉の昔では貴族や知識人のなかには、お経をあげるだけでなく、お経をある種の思想書ととらえて深く思考を凝らす者もいたでしょう。

この時代で一番人気のあったお経は「法華経」(鳩摩羅什訳・妙法蓮華経)だったといわれています。そして法華経の最初から最後まで書かれている文字を数えますと約七万文字あるそうです。これを一回読誦すると、法華経一部を読誦したということになり、これを百回・千回と繰り返すことがよい功徳を得るもとになるとされていたといわれています。今日でも名前だけは「千部会《せんぶえ》」と称する法華経読誦の法会《ほうえ》が催されているそうです。

法華八講《はっこう》というのは、法華経八巻を朝座・夕座に一巻ずつ四日間に八人の講師により読誦・供養する法会のことだそうです(『広辞苑』)。源氏物語の中には、「中宮の法華八講」(賢木)、「二条院の法華八講」(御法)、「明石中宮の法華八講」(蜻蛉)と三か所にこの法会の様子が述べられています。

また清少納言は枕草子の中で「経は、法華経さらなり」（お経といえば法華経よ、言うまでもないわ）ときっぱりと述べています（ほんとうに法華経二十八巻全部読んだかしら）。それはともかく、法華経はNo・1だったのです。あとから日蓮もそう言っています。

最後にお経について、わたしの無知さ加減を告白致しましょう。

わたしは「〇〇経」というような経典を高齢者といわれるようになるまで、全く読んだことはありませんでした。経典というものは、お釈迦さまの教えや、お諭《さと》しが書いてあるものと思っていました。

十年ほど前に岩波書店の『法華経』という文庫本を買ってみました。口語訳が付いていたからです。少し読んでみて驚きました。教え、諭しだけでなく、物語りや奇蹟話や旅行記とでもいえるような記述が随所にあります。法華経は釈尊の生涯に関した、壮大な物語なんだと感じました。

カミ・ほとけ　素人考（一）

水天宮

昨年（二〇一五年）の秋、地下鉄銀座線に乗って蠣殻町《かきがら》の水天宮に行った。二年ほど前に結婚した初の孫《まご》子が妊娠六か月を迎えたため、平穏な発育と安全を願い、お参りに行ったのである。妻は健康を害しているので、わたし独りで行った。

また二十何年か前にも、この孫娘を身籠ったわが長女のためにもお参りにきて、安産の御札をいただいた。さらに妻の初産のときも、母親と一緒にわたしもこのお宮に来て手を合わせたのを想い出した。

このような、時に神仏にもお願いしてみるような人生を送ってきたが、特にカミ、ほとけに対して厚い信仰心を持つものでもなく、かといって無神論、無宗教論を泡を飛ばして口にするほどのものでもない。自分では、かなり曖昧である多くの日本人の一人と思っている。

時代の差というものなのだろうか、わたしの父母は神仏にもっと心を近く寄せていたが、それでもその時代の平均的な信仰心の持主だったのではなかろうか。

父親は毎朝、仏壇にお燈明をあげ、閼伽《あか》を備え手を合せていた。若いわたしは、偶《たま》に促《うなが》されてお参りすることもあった。仏壇はかなり立派なもので、なんでも大正十二年の震災のあとで、大正天皇からの被災者への御下賜金で求めたものだそうで、子供の目にはぴかぴかでなんとなく尊く見えた。

父母が亡くなってからは、長男のわたしの所に移り収めてある。古びて百歳にもなるが、にぶい光はまだ衰えていない。だがわたしが厨子《ずし》の扉を開いて花や水を供えるのは正月の三が日とお盆の二日のみ。浅草の菩提寺にあるお墓にも訪れるのは春、秋のお彼岸だけだ。

そんなわたしだから、ふだんは寺社等にもわざわざ出かけてお参りするようなことはない。でも他の用事で近くを通る折には、偶には湯島天神や、神田明神や浅草寺などにちょいと寄って頭を下げることもある。

しかしながら、前回も今回も娘や孫《まご》子の安産をお祈りに行ったときは、決して序《ついで》ではなく何日も前から心に決めて参詣したのである。
昨年秋お参りに行ったときには、水天宮は大改築の最中であって、仮宮が百メートル余り、大川端寄りの丁度明治座の前に建てられていた。そのせいか参詣人も少なく、すぐに社務所で護符をいただくことができた。
水天宮の細かいことについて今まで何も知らなかったので、この折りに倅に頼んでパソコンで調べてもらった。わたしと同様パソコン駄目の翁、媼のために少しく御紹介申し上げる。

御祭神
水天宮の御祭神は、天御中主神《あめのみなかぬしのかみ》・安徳天皇・建礼門院・二位の尼。御利益については、江戸時代より安産・子授けの神として人びとから厚い信仰を集めた。

境内掲示による水天宮の由緒
当社は文政元年（一八一八）港区赤羽にあった有馬藩邸に当時の藩主有馬頼徳《よりのり》公が、領地（福岡県久留米市）の水天宮の御分霊を神主に命じて藩邸内に御分社を祀《まつ》らせたのが創《はじ》めです。

久留米の水天宮は今からおよそ七百年程前に創建されたと伝えられております。彼の壇ノ浦の戦いで敗れた、平家の女官のひとりが源氏の目を逃れ、久留米付近に落ち延び、一門と共に入水された安徳天皇、建礼門院、二位の尼の御霊をささやかな祠をたてて、お祀りしたのが創めです。

江戸時代の水天宮は藩邸内にあったため、庶民はふだん参拝できず、門外より賽銭を投げて参拝したといいます。ただし毎年五月五日の縁日に限り参拝を許されました。

その当時参拝の妊婦の方が鈴乃緒（鈴を鳴らす晒しの鈴紐）のおさがりをいただいて腹帯として安産を祈願したところ、非常に安産だったことから、人づてにこの御利益が広まりました。

明治維新により藩邸が没収され、有馬邸が青山に移ると共に青山へ、さらに明治五年現在の蠣殻町に御鎮座致しました。（以下、略）

とある。でも何か物足りない。妻女を懐妊や、安産に直接導いてくださる神が鎮座されていない。前期の腹帯に用いられた鈴の緒に霊気を宿らせた神は誰方だったのでしょうか。

もっと良く、詳しく調べれば多分わかることだろう。そしてまた安産神なるカミもおいでになるだろう。わたしはそう信ずることにした。

日本のカミサマたち

われらの御先祖は、わが国土が形成される前から、多くの神々が天上におられたと今に伝えている。その多くの神々のなかから選ばれた若い男女二柱の神が、結婚して、大八島《おほやしま》国《くに》（日本列島）を産み、やがてあらたに多くの神様方をもお産みになったのだという。

『日本人の神』（大野晋、新潮文庫）という本が私の書棚にあった。何年も前にも拾い読みをしたのだが、老脳には何も残っていない。今回読みかえしてみて、（アラッ）とか、（ナルホド）とか思ったところがあったので、それを述べてみたい。

日本のカミとは？

○カミは唯一の存在ではなく、多数存在した。

最も古い「延喜祝詞」を見ると、その祝詞を奏上して祈願する相手のカミは、高天原の神だけではない。風の神・火の神・道の神など、それぞれの場所にカミがまします。カミはもともと唯一最高の神として絶対のものだというのではない。古事記のなかには三百以上の神がいる。

○カミは具体的な姿・形を持たなかった。

古事記には、カミが初めて「生《な》りませる」ときには、「隠身にましますという言葉で表現されている。これは身体は隠れて見えなかったという意味と取り、「隠身《かくりみ》」とよむべきだと思われる。カミは姿の見えるものではなかったから、古事記ではまず最初は「隠身」（身体が見えない）と表現された。

その次の世代に至って男と女の区別のあるカミが現れ、それ以後にはもはや「隠身」のカミは登場しない。神話の中で、人間的な行動をするカミが現れるようになったのは、男神と女神が区別されてから後のことである。

○カミは漂動・彷徨《ほうこう》し、時には来臨し、カミガカリした。

カミは姿形がなく、物や場所に固定・定住せず漂動し、招きに応じてそこに来臨し、また人間にとりつき、カミガカリして託宣するという根本的性格を持っていた。カミガカリとは、古代だけのことではなく、現代でも起きていることである。（恐山のイタコ、沖縄のノロなど）

○カミはそれぞれの場所や物・事柄を領有し支配する主体であった。

カミがそれぞれの場所を支配しているという観念があるから、そこを通行するときに手向けの幣《ぬさ》を捧げた。

土地には領有するカミがいる。だから土地を占有して建築物を建てるときには、現在でも地鎮祭をする。カミの許可を乞うのである。古代社会の人々が峠のカミに供え物をしたのと根本的には全く同じである。

○カミは超人的な威力を持つ恐しい存在である。

カミという言葉には「神」という漢字を当てるが、漢字の「示」偏は神に供える物を置く台の象形である。したがって、示偏の付いた字は「祈」「社」「祝」「祇」など、みな神事に関するものであり、また「申」は稲妻の姿を描いた象形文字に発するという。だからか「神」は天神であり、雷のように恐ろしさを表した文字だった。それとカミは相通ずるところがある。

神は、「苦しいときの神だのみ」のために、ずっと前からこの世にもおわすのだ。ではいつ頃からおわすのだろう。

旧人といわれているネアンデルタール人は、およそ今から十万年も前にアフリカやヨーロッパに住んでいた。このような旧人時代の遺跡のなかには、すでに宗教観念として注目されるものが見られるそうである。

例えば屍体をそこらに放ったらかしにしないで埋葬を行った跡が発掘されているという。また別の例では、遺骨のあった所の土から何種類もの花粉が濃い密度で発見されている。これは野花を花束にしてお供えしたものと思われている。

このような人類の念いは、やがて苦しいときにはカミ的なものに縋《すが》り、恐しいときにはカミ的なものにひれ伏した。そしてまもなく、人類の頭《かしら》の上に神がおわすようになったんだろう。

カミ・ほとけ　素人考（二）

まえがき

前節では、主に日本のカミさまについて述べさせてもらったので、続いてほとけさまについての素人考をもお聞きくだされば嬉しくおもいます。

わが国の神々は、国がまだしっかりと固まらないで、くらげみたいにふわふわしていた頃に、すでにその上の天上に多勢おられた。

一方ほとけさまは、ずうっとあとから西の方から海を渡ってやって来られた。西暦五三八年とも、五五二年ともいわれているが、どちらも確かなものではないようである。『元興寺伽藍縁起并流記資材帳《がんごうじがらんえんぎならびにるきしざいちょう》』というのに記録があるのだそうだ。これは七四四年、飛鳥寺（元興寺の旧名）の由来と、寺有財産について報告したもので、それには五三八年とあるそうである。

一方『日本書紀』には五五二年に百済の聖明王から教典と仏像、仏具が送られてきたという記述がある。しかし今日の研究結果ではこれら両方とも不確実なのだそうである。

いずれにせよ、その仏像を敬い拝むことについて、当時の物部氏や、中臣氏は大反対し、一方の礼拝を善しとする蘇我氏とは烈しく対立したことはよく知られている。

また、ほとけは「蕃神《あだしくにのかみ》」とか、「客人神《まれびとのかみ》」と呼ばれた。これは当時の人々が拝んでいた日本の神々と同じように、異国から来た偉い、尊い神さまなんだと思っていたからだろう。

このように穏やかな考え方をする人達が多かった日本では、以後神仏を同視するような、いわゆる神仏習合の思想が生まれ育ち、それが近代に至るまで存続してきたのだと言われている。

末木文美士氏は著書『日本仏教史』の中で次のように言われている。

こうした仏教の受容の仕方は、単にその時点だけの問題でなく、日本仏教全体の問題として後まで尾を引くことになる。

すなわち、法（教理・思想）や僧（教団）よりも仏の崇拝が中心であること、難しい理論ではなく現世利益が重んじられること（のちには、これに死者供養が加わる）、古来の神の崇拝と一体化することなど、日本仏教の大きな特徴と考えられるが、すでにその徴候は明らかに、ここにみてとれるのである。

この神、仏に対する思いの多様性というものに対しては、異教人ばかりでなく、日本人のなかにも、（あいまいな宗教と）謗る人達もかなりいるようだ。

わたしも学生の頃は、そんな思いをするときもあった。その後仏教を特に勉強したわけではないが、わが身の旅路の終着を想うような年齢《とし》になるしたがい、（かえって日本仏教はいいもんだなあ）と思うようになって来た。

最澄さん

延暦二十三年（八〇四）七月六日、第十六次遣唐使藤原葛野《かどの》麻呂の一行が四船に分乗して肥前国田浦《たのうら》を出発した。くしくもこの同じ一行に、のちの日本仏教界を背負うことにな

る両雄、最澄と空海が船を異にしながらも同時に加わり、唐を目指していた。第二船に乗った最澄はこのとき三十八歳。（中略）

他方、第一船に乗った空海はこのとき三十一歳。（以下略、『日本仏教史』）

お二人とも際立った秀才であったが、書物を読んでいると、どうも空海さんのほうが大秀才であったように、わたしには思える。

でもわたしは最澄さんのほうが好きだ。空海さんは少し意地悪だ。これはお二人が帰国後の話から、そう思うのだ。

前述の『仏教史』より抄録してお知らせしよう。

さて、入唐後の両者はどうなったであろうか。最澄はおもに天台山を中心に教えの伝授を受け、また仏典を収集して一年後に帰国。延暦二十五年（八〇六）には他宗と並んで天台宗にも、正式の出家者である年分度者《ねんぶんどしゃ》が認められる。

しかし、実際に最澄に求められたのは密教的な呪法《じゅほう》の力であった。つけ焼刃で身につけてきた密教の知識では不足するとみるや、年下のライバル空海に辞を低くうして教えを乞うことになる（八〇九）。

以後、数年にわたって両者の交流が続く。交流とはいっても、その多くは最澄の側からの密教経典の借用の依頼であり、弘仁三年（八一二）には実際に高尾山《たかおさん》（神護寺）で、最澄は空海から両部の灌頂《かんじょう》を受けている。（両部は胎蔵界・金剛界。灌頂は師が弟子の頭頂に水を注ぎ、法を伝えたことをあらわす密教の重要な儀式。）（中略）

最澄の最大の外護者《げごしゃ》桓武天皇はすでに亡くなっており（八〇六）、平城天皇を経て、次の嵯峨天皇は空海と親しくなっていく。両社の置かれた状況はあまりに対照的であり、その交友は長く続くはずもなかった。

最澄のもとから空海のもとへと走った泰範《たいはん》のことがきっかけともいわれるが、空海は「理趣釈経《りしゅしゃくきょう》」（理趣経の注釈書）の貸与を断り、弘仁七年（八一六）を最後に、両者の交友は終わることとなる。この年、空海は高野山を賜り、いよいよ修行の道場として整備にとりかかっている。

空海さん

「日本のインテリにきらわれた空海」

わたしが言ったのではない。哲学者梅原猛先生が、著書『空海の思想について』(講談社学術文庫)のなかでそう言われているのである。

空海は長い間、日本人に尊敬されてきた。少なくとも明治以前まで、空海は最澄や法然や道元などと比べて一段、偉大な人間、万能の天才として尊敬されてきた。

この万能の天才ということが、空海のした真言密教の加持祈祷と結び付き、彼は、遍照金剛、つまり、あまねく光り輝く神として、その加持によって、力なきものに力を与え、すべての人間の願いをかなえる神となってしまった、と先生はおっしゃる。

しかし、このような尊敬のされ方が、明治以来、かえってマイナスに働いた。なぜなら明治以来、日本人は西洋から近代科学技術文明をとり入れることに全力をあげた。そこで、科学は善であるのにたいし、宗教は悪となり、特に、こうした呪術的な宗教はまさに、もっとも前近代的なもの、もっとも唾棄すべきものとなった。人は、空海とその宗教を敬遠したのである。親鸞や、日蓮や、道元は、必ずしも宗教家ではない日本のインテリにも、多くのファンを持ったが、空海は、そういう熱烈なるインテリのファンを持つことはなかったのである、と述べられている。

しかし、このあと先生は「空海の再発見」と題した論述のなかで、最近の空海への視線や思考の変遷について述べられている。

今日、日本史の教科書には、数年前よりはるかにくわしく空海のことが書き記されている。

空海の宗教を、単なる呪術宗教と考えることは、まちがいであるということになった。空海再発見は大きな時の流れとなった。また、渡辺照宏《しょうこう》・宮坂宥勝《ゆうしょう》氏などの仏教学者の研究によるところも大である。その流れが、湯川秀樹氏のような日本を代表する自然科学者、あるいは司馬遼太郎氏のような日本を代表する文学者に、空海が取り上げられることによって、いっそう、確固たるものになった感がある。（中略）

こういう状況において、空海についてその後、さほど勉強をしていないわたしが、十分、空海の思想について論じることができると思わない。以下は、十年ぶりに空海の著作を読み直した、わたしの空海の思想についてのメモのごときものと見ていただきたい。

そこでわたしはそのメモのごときものを読み出してみたが、なんとも難しい。仏教や、仏教学の基礎的知識の全くない、素人のわたしにとっては当然のことだ。だから抄記して御紹介することができない。ご免なさい。

あとがき

折しも昨日は（二〇一六年）八月十五日、盂蘭盆《うらぼん》の日だ。わたしは半年ぶりに仏壇の前に坐して扉を開け、菊三輪と閼伽《あか》を供えた。わたしより遥かに若い父母の写真が妙になつかしくみえた。

そしてつくづく思った。日本人の多くが、心を寄せる宗教が穏やかな日本仏教であってよかったなあーと。

末世《まっせ》

末世とは、『広辞苑』によると、
①道義のすたれた時代。澆季《ぎょうき》。季世《きせい》。（澆は軽薄、季は末の意）
②（仏）末法の世。仏法のおとろえた世。
とある。まずは仏教などでいう末世について専門の先生の著書から教わったものを、少しまとめてみた。（『日本仏教史』末木文美士、新潮文庫・他）

末法《まっぽう》は正法《しょうほう》・像法《ぞうほう》とセットで三時説と呼ばれる。これを世に伝える説にはいろいろあるが、最も一般化した説は次のようである。

「正法」仏滅後千年間。仏の教え（教）と修行（行）と悟り（証）が具わっている。

「像法」次の千年。教えと修行はあるが、悟りはない。

「末法」その後一万年。教えのみあり、修行も悟りもない。

ところが、この説は中国でもだいぶのちの文献になって確定してくるものである。また、正法・像法というのもあくまで、正しい仏法・正しい仏法に似たものということで、直接には時代を意味する概念ではない。

中国において、初めてそれらが時代を表す概念に転ずるとともに、末法が加わって三時説が成立するのは四世紀の中頃である。

三時の年数についても諸説があり、末法一万年というのはだいたい一致しているが、正法、像法については、それぞれが千年であったり、五百年であったりするのである。

いずれにしても中国で末法が問題になったのは日本よりずうっと早い時代であり、最も末法説が盛んだったのは隋から初唐の頃で、北朝末の北周の廃仏が大きなきっかけとなった。中国では何よりも外圧による仏教界の危機が問題であったのである。一方、日本におけるそのとらえ方はきわめて特徴がある。日本では仏教界の堕落とともに、一般の社会不安が大きな問題になった。宗教の思想は決して経典の文字面《づら》だけから出てくるものではない。それを受け入れる社会状況と主体の意識が最も重要である。

と先生は述べておられる。

末法到来

「この世をばわが世とぞ思ふ望月の欠けたることのなしと思へば」というかの名高い歌が詠まれたのは、道長五十三歳のことである。栄華をきわめた道長は、しかし、この頃から身体の不調を訴え、関心を末世に向けるようになる。翌年には出家するとともに、壮大な法成寺《ほうじょうじ》の造営にとりかかった。巨大な寺院は治安二年（一〇二二）に完成し、三昧堂《さんまいどう》・阿弥陀堂（無量寿院）・五大堂などが建ちならび、大勢の僧が集まって念仏の声を響かせ、「浄土はかくこそは」と思われるほどであった。

道長は、万寿四年（一〇二七）十二月、阿弥陀如来の御手《みて》に結ばれた糸を手に、僧たちの念仏のなかに、浄土を夢みて六十二歳の生涯を閉じたのであった。『栄花物語』には、

「あはれなる末の世にて、仏を造り堂を建て、僧をとぶらひ、力を傾けさせ給ふ」

と述べられている。（『栄花物語』は平安後期に書かれた歴史物語で、赤染衛門作と伝える）

ちなみに、日本で最も早く末法を表明したのは、薬師寺の僧、景戒（キョウカイともケイカイとも）の『日本霊異記《りょういき》』で、同書の巻下の序文に書かれているという。

たまたま、私の本箱に以前にもとめた、『日本霊異記』（全訳注　中田祝夫、講談社学術文庫）三巻があったので、早速調べてみた。

夫《そ》れ善悪の因果は内経《ないきやう》に著《あらは》れたり。吉凶の得失は諸《これ》を外典《げてん》に載せたり。

今に是《こ》の賢劫《けんごふ》の尺迦《しやか》一代の教文《きようもん》を探《あなぐ》るに、三つの時有り。一つには正法の五百年なり。二つには像法の千年なり。三つには末法の万年なり。仏の涅槃《ねはん》したまひしより以来《このかた》、延暦六年の歳《ほし》の次丁卯《やどりひのとう》に迄《いた》るまで一千七百二十二年を逕《へ》たり。正像《しやうざう》の二つを過ぎて、末法に入れり。

〈現代語訳と（注）〉

そもそも善悪の因果応報の法則は、仏教の書に記されている。吉凶利害の法則は、仏教の書以外の漢籍などにいくらも記されている（しかるに、それほど諸書で明白に説かれていることが、人々に軽視され、善行は行われず、悪行を好む人の多いのは、どういう理由であろうか)。

現在において、お釈迦さまが一代の間に説いた教えの文を調べてみると、三つの時期に分けられる。第一は正法《しょうほう》の五百年であり、第二は像法《ぞうほう》の千年であり、第三は末法《まっぽう》の一万年である。釈迦如来が入滅なされてから後、現在の延暦六年(七八七)に至るまでに、一千七百二十二年が過ぎている。正法、像法の二つの時期が過ぎて、今は末法の時代に入っている。


と、このように『日本霊異記』には書かれている。また、「延暦六年の歳《ほし》の次《やどり》丁卯《ひのとう》」の語訳として釈迦の入滅については明確でないが、延暦六年を一七二二年目とすると、紀元前九三五年以前ということになる。しかしこれに合致する仏滅説は見出せない。「丁卯《ひのとう》」は年を干支で表現したもの、と記述されている。

ではその後の日本で永承七年(一〇五二)に末法に入るとしたのは、いかなる根拠に、またいかなる賢聖によって齎《もたら》されたのだろうか。

『日本佛教史辞典』(今泉淑夫、吉川弘文館)には以下のように記されている。

中国における末法思想の初見は北斉《ほくせい》の時代、五五八年に書かれた南岳慧思《えし》の『立誓願文』である。（中略）

また、釈迦の入滅を、中国史上の何年とするかについても諸説があるが、周の穆王《ぼくおう》の五三年（前九四九）とする説が広く受け入れられていた。その数え方に従って、正法五百年説をとれば、五五二年に末法に入ることになり、正法千年説をとると、一〇五二年に末法に入ることになる。

飛鳥・奈良の仏教は、正法五百年説の影響を受けて、当時すでに末法の時代に入っているものと考えていたが、（日本書紀によれば）五五二年に日本に仏教が伝来し、その年を日本仏教の開創の年と考えてもいたので、国家的な仏教のもとでは、末法思想が主体的に受け入れられるには至らなかった。

そうした中で、延暦二十四年（八〇五）に唐から帰国した最澄は、正法千年説を採り、同時代を像法の時代と考え、像法も後半に入った時代に相応しい仏教を説こうとした。

（後略）

このように、永承七年（一〇五二）末法到来説はおもに天台宗においていわれていた。

すでに日本天台宗の祖最澄が「像末」（像法の末）の意識をもっていたが、とくにそれが実践上顕著に現れてくるのは前述した道長の時代からだという。（末木氏）
このようなわけで、素人的な認識では、最澄が中国史を根拠に、末法到来一〇五二年説をもたらしたものと思ってよいのではないか。
末世に入ってから今日まで千年近くが経った。もうあと三十五年で、末法到来から二千年目の二〇五二年だ。人間界、天上界はどんな様相を呈するのであろうか。孫どもよ、よくみておいてくれ。

四苦再考

はじめに

わたしは前々から仏さまが好きだ。だが特にお願いごとをするような信仰心があるわけでもなく、またこれといった仏教への研究心も持ちあわせているわけでもなく、いつの間にか老耄の坂を登って来てしまった。（老は七十歳、耄は八十歳・九十歳の老人。）

近頃歳のせいか仏さまのことや話に心が引かれるようになり、仏教に関する一般向けの本をよく覗くようになった。素人の覗き見であるから、体系立った理知的な把握などとても無理であるが、何とか今までの断片的な覚えを、できれば少しずつ纏めたいと思うようになった。

そんなときに、四苦の中の生苦《しょうく》に疑問を持ったのがきっかけとなって、一寸勉強をしてみた。

一切皆苦

原始仏教の思想の根本を述べたものとして四法印というものがあるといわれている。法印というのは真理の印《しるし》ということで、これに照して真理に合致するかどうか判定する基準ということである。

四つの法印とは、諸行無常・諸法無我・涅槃寂静《ねはんじゃくじょう》・一切皆苦のことである。今回わたしは一切皆苦ということと、その根底をなす四苦について、読んだこと、考えたこと、思ったことを述べてみようと思っている。

と、末木文美士氏が著書『仏教思想』（放送大学振興会）の中で述べられている。

一切はみんな苦だとは、この世界は苦しみに満ち満ちているということだ。釈尊が初めて説法を行ったとき（これを初転法輪という）に説かれた教えだと伝えられている。この世の苦しみにはどんなものがあるのか、といえばそれは四苦が中心的な苦しみだという。即ち生《しょう》・老・病・死の四つの苦しみである。

これらは個人的な苦しみであるが、このほかに主に人間関係や、あるいは物との関係に関する四つの苦しみがあり、前述の四苦とあわせて八苦といわれているのである。

生苦《しょうく》

生老病死の四苦はすべて生き死にに係る苦悩であるが、一番初めの生、すなわち生苦というのは一体どんな苦しみなのかすぐには頭に浮んでこない。単純に考えて人生を生き続けることが苦しいのだろうか、どうもそうではないらしい。先ほど述べた『仏教思想』という本の中に、

まず、一切皆苦の原理であるが、仏教ではこの世界を苦しみに満ちていると考える。最も基本的な四苦といい、生・老・病・死の四つが挙げられる。このうち生苦はこの世界に生まれてくること自体を苦とみることで、老・病・死については特に説明を要しないであ

ろう。

とある。

この世に生まれてくることが苦というが、どうしてだ。この世は一切が苦だから、苦のど真中に生まれ出てくるのは不運、不幸だというらしい。どうも納得できないので、手元にある仏教関係の本を四、五冊あたってみたが、生苦についてはほとんど記述がなく、あっても「この世に生まれることの苦」と極く短い説明しかない。人間は全員一人残らずこの苦界で踠《もが》いている、苦しんでいるのだということらしい。

わたしの考えは違う。生苦をもっと実際的に、もっと現実的に考える。この世に生まれたこと自体は苦ではない。この世で生きてゆくことが苦しいのである。もっと端的に言えば、食ってゆくのが苦しいのである。

生きてゆくにはまずもって飢えぬことである。そのための働きを重ね重ね、続け、続けていくことが辛い、苦しいのである。わたしはこれが四苦の中の生苦なのだと思っている。伝統的な仏教教義からは違背した思考だろうが、このように理解するほうがわかりやすい。

生苦すなわち命を食いつないでゆく難儀さ加減は昔と今では断然違う。過去を遡れば遡るほど難儀は増す。大昔は毎日毎日が餓死との戦いの日々であったに違いない。何とかその日の食物を得てはどうにか命をつないでいた。

わが国でも有史以来、生苦が記録されている。災害、飢饉、戦乱等のために数千、数万の民衆が餓死したという記録がいくつもある。例えば近世中頃の天明の飢饉では詳細な記録が残っている。天明二年（一七八二）、同三年、同四年と長雨、冷気のため諸国凶作で、この間に餓死するもの津軽八万七千余、南部六万四千人に及んだとある。（『江戸の遺伝子』徳川恒孝、ＰＨＰ文庫）

このように餓死した人々の、死の直前の心身の苦痛を慮るとき、生苦は四苦の中の第一の苦だと断じざるを得ない。

老苦

他人《ひと》は「お歳ですから」と言い、自らも「歳の所為《せい》で」と言うようなことが増えたようだ。老いは多くの人が嫌っている。老いをネガティブに考えるのがふつうのようだ。

釈尊が樹下で悟りを開き、やがて説法のため各所を遍歴するのは今から二五〇〇年も前のことだと伝えられている。このような大昔では、老いには必ず痛み、疲れ、病い、死が直結していただろう。

一方、今日の老いを考えると大昔の老いとは大きな違いがある。現今の医療や老人医学の進展は半世紀前ですら想像できなかった。老いの苦は激減したといってよい。今や、老いと病・死は少くとも直結はしていない。

こう考えてくると痛みとか、病気とか老いの属性のような事象と一緒に老いを考えるから、老いは嫌だ、苦だ、と思うのではないか。純粋な老いだけ、すなわち人生を長く経験してきて今日の老いに至ったと考える老いとは、決して苦でも苦しみでもないとわたしは思っている。

ところで女性の老苦について一寸ふれる。世の中には色即是空を肯《がえん》じない女性が少くない。老いは病、死に繋がるが、さらに女性にとっては美醜にも直結する。ことに妖艶嬌姿《ようえんきょうし》を秘かに自負している熟女の中には老いを魑魅《ちみ》魍魎《もうりょう》よりも恐れている方々もいるようだ。

だがわたしは違う。「できればもう一度若くなりたいわ！」というような妄念など起したことはない。よく考えて欲しい。老いてきて初めて知った楽しみもあったのではないか。老いたからこそ消えていった苦悩心や恐怖心とかいうものが老いぬ前にはあったのではないか。

また充分に老いた後は、積極的に社会や外界のために尽くさずとも許されよう。もちろん今なお、尽くしている方々に対しては尊敬と感謝の念を示すことに吝《やぶさ》かでない。

一方、好き勝手にさほど長からぬ行く末の余生を楽しむこともできよう。川のような世の流れを岸辺に腰をおろして傍観するのも楽しいと思う。これらは老い人に与えられた特権ではないか。素敵滅法だと思わないか。こんな風に思えば、世の中に老苦というものはないのではないか。

病苦

病苦と死苦は直結している心身の苦しみであるから別々に論じるのはやや困難であるが、敢えて分けて述べようと思う。

ブッダの頃の病いといえば、外傷のほかはすべて悪魔や物の怪によるものだと思われていたに違いない。

一方、病気になったときの治療や緩和などにどんな方法を用いたのだろうか。何等かの霊格に祈るしかなかったのだろうか。いや祈る以外にも草根木皮を用いた原始的な薬物療法はあったのではなかろうか。

驚くべきことにブッダの病歴《カルテ》が残っている。中村元氏の著『ブッダ最後の旅』（岩波文庫）にブッダが入寂する半年位前と、入寂直前と二回病気にかかったときの様子（病歴）が記されている。入寂の祈りの病状は血性下痢と脱水症状と腹痛（わたしはきのこによる急性食中毒とみている）であり、苦痛は重且《か》つ大と想像される。釈迦時代に比べれば現今では医療の発達により病苦は全くといってもいいくらい耐え得るものとなった。

死苦

誰もが死を嫌い、死を恐れる。これだけは古今東西を問わず人の世の真状だ。しかし死は必ずやってくると誰もが承知している。

楽に死にたい。誰もが思う死への願いである。誰といっても、思うのは老齢者であって、若い人はそんなことを考えてもいなかろう。若年、壮年の人が死去することは、考えるだけでも痛々しい。死に直面したときの心中はどんなにか辛かろう。これが死苦というものだ。

老人は日頃よく死のことを考え、同時にこれまでの無事を喜び、来《こ》し方《かた》の幸運に感謝の念を抱くようになる。だから老人にとっては死去することはそれほどの苦ではない。老いて死ぬことはまことに自然な、且つ公平な出来事である。

そうは言っても、死ぬときは楽に死にたいと誰もが願う。このような意味では老齢者にも死苦というものは存在する。死を予感し、死の切迫を認知し、そして来るべき数刻後の死、この過程で身心に苦痛のない命の消褪が望まれるのである。

身心といっても身すなわち肉体的な苦悩については心配ない。痛みでも、息切れでも、すべて医術が解決してくれる。次に心、すなわち精神的な苦悩については心配しなくともよいと請負うわけにはいかない。ではどうしたらよいか。

まず自分自身で思考《おもい》を凝らせ。そして足るを知れ。老耄にまで至った寿を喜べ。

「よかったよ、もういいや」と想えない人は、「南無…」といって仏様にお縋《すが》りすればよい。

ブッダが説法された生老病死という四苦について管見を述べ、そのなかで生苦とは食う

ための苦しみだと言い、また老病死の三苦についてもお釈迦さまの頃とは違って近頃では
それほどでもないよ、と呟いた。罰があたりそう。

武則天（則天武后）

今年（二〇一七年）の正月も過ぎていってしまった頃のある日、独りでとる夕食の途中で、何とはなしにテレビをつけた。すると驚いた。なんとも美しい女性達が映っていた。中国の古い時代の、たぶん宮廷を映しているのだろう。薄色の、半ば透く長衣を重ね着した優雅な姿の美女達がたむろしている。後宮の女性なのだろう。

なかでも他を圧して美しい一人の官女が大写しされた。絶世の美女だ。中国人だ、日本人だということを忘れて見入ってしまった。この人が、武則天を演じる女優さんだとわかった。名前は「范冰冰」と映し出されていたが、なんと読むか解らない。

後からのことになるが、この中国の製作になる映画は『武則天』という題名で週四、五回、全部で八十回余り、BS12チャンネルで放映されたらしい。わたしはこの絶世の美女に惹かれて、たぶん半分近くは観たと思う。

熱心に観たのにはもう一つ理由がある。言い訳のようだが、勉強のためである。武則天のことをわが国では広く、則天武后《そくてんぶこう》といわれている。則天武后のことは、唐初の女帝であるということだけしか今まで知らなかったし、勉強して詳しくもっと知ろうなどとも思ったこともなかった。

しかし今回、何がわたしを揺すったのか、当時の歴史的な様子を知りたくなってしまったのである。放映されるテレビ画面だけからでは歴史的な事実はわからない。そこで近所の本屋に行って、『隋唐帝国』（布目潮渢・栗原益男、講談社学術文庫）という本を取り寄せてもらって購入した。

読んでみると、この本は学術論文的記述がかなりみられ、わたしの要望からすると詳しすぎるように覚えた。でもこれを参考にして、唐の初期の大ざっぱな歴史を、読者子と一緒に勉強してみたいと思ってなんとかまとめてみた。

李淵

唐の初代皇帝・高祖。李淵《りえん》の家は、北魏《ほくぎ》（南北朝時代の北朝の最初の国）の帝室と同じく鮮卑系《せんぴ》である。五六六年に生まれ、一六歳のとき隋の文帝に仕えた。四八歳のとき煬帝《ようだい》より「留守《りゅうしゅ》」という重任の役を命ぜられた。留守とは、国家非常のとき、皇帝の大権を一部地域に限定して委譲される臨時の官である。

李淵は六一八年、隋の恭帝《きょうてい》（煬帝の孫）から禅譲の形式をとって帝位につき、王朝名を唐とした。

長子李健成《けんせい》を皇太子に、次子李世民《せいみん》を最高官である尚書令《しょうしょれい》（中央官庁尚書省の長官）にした。しかし八年後の六二六年に、次子の李世民は、兄の皇太子健成と弟の元吉《げんきつ》を殺害してしまう（玄武門の変）。この後、父親の高祖も世民の監禁下に置かれ、世民が皇太子となり、その年（六二六年）に即位して、翌年を貞観《じょうがん》と改元した。すなわち、唐二世皇帝の李世民、後に廟号（天子の霊を宗廟にまつる際につける尊号）によって太宗《たいそう》と呼ばれる。

李世民

唐二世皇帝・太宗。太宗の貞観二年（六二八）以降の唐朝政権は軍事的にはほぼ安定した時期が続いた。

東は東海から、南は今の広東《かんとん》、広西《かんしー》まで、戸締りの要がなく、旅行者も食糧の携帯不要という平和な時代が到来したといわれている。太宗は四夷《しい》の君長から「天可汗《てんかかん》」（世界の皇帝）の称号を奉られた。このような状勢を「貞観《じょうがん》の治《ち》」と呼び、太平の世の模範とされた。

日本でもこれにちなんで、清和天皇のときに貞観という年号をたて、この時代がよく治まったので、同じように「貞観の治」と呼んでいる（八五九〜八七六年）。

太宗の皇后は、正式には文徳順聖《ぶんとくじゅんせい》皇后といい、長孫《ちょうそん》氏で、兄の無忌《むき》は太宗の幼友達であり、太宗の功臣でもあった。皇后には、承乾《しょうけん》、泰《たい》、治《ち》の三子があり、長子承乾が皇太子となり、泰は魏王に、治は晋王になった。

長子の承乾は、長ずるに従って不適切な人格を露呈するに及んで、太子から廃位され（六四三年）、末子の治が太子となった。時に治は一六歳、この治が貞観二十三（六四九）年、太宗の死後、唐朝第三世皇帝の高宗となった。

則天武后（武則天）

姓は武《ぶ》、名は照《しょう》、生年は諸説あったが、近年になって、六二七年（貞観元）頃の生誕と推定されている。高宗は六二八年の生まれである。武照は一四歳のとき、その美貌のゆえに選ばれて太宗の高官に入り、才人（正五品）と呼ばれる女官になった。

〔TV映画では、このあとの後宮の様子、特に太宗をめぐる女達の色情のからむ権謀術数の有様を長々と繰り返している。〕

やがて太宗が死去する（貞観二十三年）に及んで、武照は若かったが、先例の通り感業《がんぎょう》寺（李氏の菩提寺）に入って尼となった。〔映画では何十人もの後宮の女が美しい丸坊主になっている。〕

一方、新帝、治《ち》（高宗）の即位とともに、その妃の王氏が皇后となった。王皇后は家柄もよく、美貌と貞淑の誉れが高かったが、子に恵まれず、やがて高宗の愛情は蕭淑《しょうしゅくひ》妃に移った。彼女は出生年不詳、名不詳、高宗の正室に次ぐ位の後宮の女性である。

王皇后は、なんとかして蕭淑妃に対する高宗の愛情を冷やしたいと思って、高宗が太子のころ武照が気に入っていたことを思い出し、感業寺に参詣させ、尼姿の武照に逢わせた。

二人は泣いて抱き合った。このことを聞いて、王皇后は武照の髪をのばさせて、高宗の後宮へ入れた。

再び宮中に入った武照は昭儀（正二品）という位につき、そのすぐれた才知によって、たちまち高宗の愛を独占する一方、王皇后の機嫌もとり結んだ。

王皇后のもくろみどおり、高宗の寵愛は蕭淑妃から武照に移ったが、今度は皇后自身の立場が危うくなった。武照が生んだ子を王皇后が殺したと高宗に告げた者がいた。高宗はそれを信じこみ、怒って王皇后を廃して、武照を皇后にすると言いだした。

武照の冊立《さつりつ》（勅命によって皇太子・皇后を立てること）については、重臣たちの間で反対派と推進派の烈しい争いがあった。当時、武官として最も重んじられていた李勣《りせき》は「これは陛下の家事であります。外部のものの意見をお聞きになる必要はございませぬ」と申し上げた。これで流れが決まり、武照の立后は国家の公事ではなく、皇帝の私事として実現した。武照は高宗の皇后となった（今後は武后と書く）。王皇后と蕭淑妃は、その後武后に殺された（永徽《えいき》六年〈六五五〉）。そしてその翌年、皇太子忠《ちゅう》（後宮劉《りゅう》氏の所生）は廃され、武后所生の代王弘《だいおうこう》（当時四歳）が皇太子となった。

武后は皇后になる前は高宗の意を奉じていたが、いったん皇后となると、勝手な振る舞いを始め、病気がちな高宗の意志を制するようになった。

そしてついには、高宗が政務を執るとき、武后は背後の簾《すだれ》の内からそのすべてに関与するという、いわゆる「垂簾《すいれん》の政《せい》」がしかれ、政治の大権はすべて武后に帰し、高宗はこれを傍観するだけとなった。天下の人は、高宗と武后をならべて「二聖」と呼ぶようになった。

女帝への道

六七四年（上元元《じょうげんげん》）、唐朝は、高宗を天皇、武后を天后と称することとした。翌六七五年には、高宗はてんかん（映画では中風とされている）に苦しみ、武后に摂政させようとしたが、臣下に諫められて取りやめた。武后は官吏の登用に、関隴《かんろう》集団（初唐の実権を握っていた鮮卑系出身者）の人材を避け、家柄を問わず文学の士を用いた。特に詩によって人材を求めようとしたのである。後に科挙のうち、進士科の中心試験科目を詩賦に置くようになったのも武后のときからと考えられると言われている。

高宗の健康はずっとすぐれなかった。

六八三年（弘道元）、ついに重態におちいり、その年の十二月他界した。五六歳であった。

皇太子顕《けん》が即位して中宗《ちゅうそう》となり、韋《い》氏が皇后となった。

中宗は父の高宗に似て優柔不断であったが、まず行おうとしたことが、韋皇后の父親を侍中《じちゅう》（門下省の長官）に抜擢することであった。これが武后の怒りに触れ、中宗はたちまち廃位された。帝位にあることわずか五四日であった。

ついで、その弟で武后所生の予《よ》王旦《おうたん》が二四歳で帝位についた。睿宗《えいそう》である。しかし彼は別殿にいて政治には与《あずか》らず、武后が簾中《れんちゅう》から政治を執った。

武后は自分の一族の武《ぶ》承嗣《しょうし》を宰相とし、さらに洛陽を神都と名づけて、事実上の首都とした。これは、長安は王皇后（先帝の皇后）の祟りがあるとして避けたためといわれる。また、唐の官職名を昔の周時代のそれに改めたりなど、やがて武周王朝を開く前提を構築していった。

六九〇年（天授元）九月、関中の人民九百余人が侍御史《じぎょし》（御史＝官吏の監察官）に率いられて、国号唐を周と改めることを懇請した。武后はこの願いを一応は退けたが、後に意のごとく唐を周と改め、みずから聖神皇帝と称し、睿宗を皇嗣とし、姓を武氏とし、武氏一族を地方の王とした。こうして武周革命は成就された。武后はこのとき六三歳か六四歳であった。

則天武后は、前述のように科挙制を強化し、官僚制を整備し、また律令制度の官職名をも周礼《しゅらい》（周代の官制を記した書）を手本としたものに改めた。

さらにみずから漢字を創作し、則天文字と称した。水戸光圀の圀はその一例である。

武后は即位の後、諸州の官寺《かんじ》（日本の国分寺の起源）や道観（道教の寺院）を「大雲《だいうん》寺《じ》」と名づけ、深く尊崇した。

一連の武周革命に対しては、もちろん反対者もいたが、武后は不合理な人事さえやっていなければ、人のいうことなど気にする必要はないと強気であった。武后は刑賞の実権はしっかり握り、当時の英賢達は競って武后のために働いた。次に迎える玄宗《げんそう》の「開元《かいげん》の治」の中心人物が、武后のときに登用された人達であったことは、武后の人材登用はかなり高く評価してよい。（『隋唐帝国』）

則天武后時代の終末

武后も寄る年波には勝てず、ついにもとの中宗（当時は廬陵王《ろりょうおう》となって配所に遷されていた）を召還して、現皇嗣の睿宗（中宗の弟）に代えて皇太子とした（六九八年〈聖暦二〉）。

七〇五年（神龍元）、中宗が武后から譲位されて、国号を唐に復し、制度はすべて高宗の在世中のものに復した。その年の十一月、武后はついに世を去った。従来八二歳前後といわれていたが、新説では七七もしくは七八歳である。

（現代中国の中学校の教科書では、彼女はかなり評価が高いそうである。）

秘仏

はじめに

秘仏ってなんだろう、どうして厨子《ずし》の扉を閉じて参詣にきた人びとに見せないのだろう、またどうして時々扉を開けて見せるのだろう、こんな疑問を前から持っていた。

しかし、いつもそれ以上に追求することもなく怠けてきた期間はまことに長かったが、つい最近浅草寺の何十年かぶりの神輿渡御の様子をテレビで見て、ふと調べてみようかという気が起った。本屋や図書館にも行ったが、まずは怠けていた期間に持ち続けてきた愚問とでもいう事柄を御披露してから本題に入っていきたいと思う。

（一）仏像は仏さまの姿を人に似せてつくられているが、凡人ではなく、慈悲深い面差し、尊容、いわば聖性を伝える尊像として表現されている。仏の教えの有難さを修行者にも、一般の人達にも理解しやすくしたり、信心を深めたりするのに大変役立っているものと思われる。人びとは尊厳な姿や、慈悲に満ちた顔を拝んで安らぎ、また願いごとを心の内で申し上げ、その実現を祈念するのだ。

それなのに仏師が心をこめてつくった仏像や仏画をなぜ秘蔵してしまうのか、何故《なにゆえ》人びとに見せないのか、わたしにはどうしてもわからないのである。

宗教者や学者先生は、秘仏を収めた閉ざされた厨子の前で祈念したり、懺悔《ざんげ》したりするときに、当面して像を拝むより、自分の心中に秘仏の姿を描《えが》くときは、さらに尊い如来や菩薩に接することができるからだと言われる。

そうかなあと思ってきた。今でもその思いは変わらないでいる。

(二) 仏像を秘仏にするということは宗教的に、また心理学的に、ある利点があるのかも知れないが、その他にも実用的というべき幾多の利点が考えられる。

まず仏像の保全、維持の上には有利な方法であろう。密封に近い状態にして、冷気、暑気、湿気さらに塵埃などの有害因から保護しやすくなる。虫やねずみなどからの障害からも免れる。

さらに宗門上の諍《いさか》いからの狼藉や、不埒者による盗難なども絶無ではないだろう。厨子そのものも堅牢にして、且つ移動も困難にする工夫も必要だ。
(三) 秘仏というのはかなり古い時代からあり、もちろん仏像を安置している寺側から行われた事態であると考えて間違いはないだろう。仏像を拝む人びとからの発議で寺側に頼んで行われたものではない。

寺側には、(一)、(二)に述べたような利点があることは理解できるのだが、秘仏を蔵する寺のなかには、ある種の効果を期待しているのではないか。秘仏にすると寺格が上がったり、参詣者が増えたりして、運営上の有利さを期待している向きもあるのではないか。

図書館に行って調べることにした。秘仏の美麗な写真を数多く収載し、美術的な面や、その宗教上のメッセージを論じた書物がほとんどで、どうして秘仏化という創意が湧出したのか、またどのような変遷を経て今日みる多数の秘仏が存在するようになったのかということを詳細に論じている書物は見当たらなかった。

係りの職員に相談したところ、直ちにコンピューターで捜してくれた。

『秘仏』(毎日新聞社編)と『日本の秘仏』(コロナ・ブックス、平凡社)という二冊があり、借りてきた。両書ともかなり詳しい、難しい記述であり、素人のわたしはこれから短く、平易にまとめるのには力不足を自覚せざるを得なかった。まこと未熟な抄出ながら御一読いただければ、と思っている。引用および抄出は前者では、種智院大学教授・頼富本宏氏、および元興寺文化財研究所・藤沢隆子氏、後者では、同じく藤沢氏の論文からである。

秘仏とは

『岩波仏教辞典』（第二版・中村元・他）にはこう書いてある。

厨子《ずし》の中に秘蔵され外から見えないようにした仏像。七倶胝仏母諸説准提陀羅尼経《しちくていぶつもしょせつじゅんでいだらにきょう》などに典拠がある。密教の盛行につれ平安時代以降多くなった。秘仏とする理由は、その仏像の霊験《れいげん》が強く特別の尊崇をあらわすため、または歓喜天《かんぎてん》などその尊容から衆目の誤解を招く恐れがあるためなどの理由に基づく。また従来、仏の専有空間であった仏堂内が鎌倉時代以降、人間の参入する空間となったことから、堂内に仏の空間を確保するため、厨子を設けたことにも関係がある。秘仏であっても一定の周期なり期日を選んで厨子を開け公開することがあるが、それを開帳《かいちょう》という。なお、法隆寺夢殿の救世《くぜ》観音《かんのん》が明治の初期にフエノロサらにより白布がとられたのは名高い。ほかに東大寺の執金剛人《しゅうこんごうじん》や観心寺の如意輪《にょいりん》観音《かんのん》など、きめられた日に年一回開扉される像がある。

抑抑《そもそも》仏像は紀元一世紀頃、歴史上の釈尊のお姿を念頭において、剃髪し、大衣をまとって、身に装身具を一切つけない遊行者の姿をした、いわゆる如来形の仏像として登場してきたのであろうとされている。

それまでは仏陀釈尊の姿は表現されず、その代わりに仏塔、法輪、仏足石などが釈尊そのものを象徴的に指示する尊像としてつくられた。

仏像の成立の歴史的要因や背景に関しては多くの考察があるが、西方のガンダーラ美術の影響や、大乗仏教の成立ということも要素の一つになっている。

こうした仏像は数世紀後にインドから西域、中国、朝鮮を経て六世紀以前には、日本に伝わっていた。『日本書紀』によれば、百済の聖明王から贈られた仏像は等身の釈迦三尊像であった。

インドや中国においても仏像を白布や幕布で覆うことがあったようだが、後にわが国で広く見られる秘仏とは発想が異なっていると言われる。

秘仏化の起源と進展

わが国における秘仏の起源であるが、現に残っている資料を見る限り、おそらく奈良時代には未だ秘仏の存在はなかっただろうとされている。秘仏化の時期は多くの考察から九世紀に始まったと推測できる。広隆寺霊験像は『広隆寺資財校替実録帳』に、

霊験薬師仏壇像一軀　居高三尺　在内殿　懸鎰子一具

とあり、厨子に安置され、厨子にはかけがね（かぎ）がかかっていたことがわかる。

秘仏化は平安時代の前半から始まったが、その後の進展には社会的要因が大きく係わっている。秘仏を霊像として護持する集団や、或いは霊像を中心として結衆した僧の集団があり、堂集《どうしゅう》とも行人《ぎょうにん》とも呼ばれていた。

彼等は寺院組織では寺務、別当という学僧に対して異なる階層を形成していた。多くは

寺院の諸堂に付属して雑役をつとめた下級僧であり、彼等は仏像の霊験を庶民に語り結縁を勧め、霊験に与《あずか》るその幸いを分配し、その見返りに喜捨を求めたのである。

秘仏化は、平安時代は秘仏としての在り方もゆるやかであったが、鎌倉時代以後に目立って進展したという経過を知ることができる。それは秘仏護持に係わる集団が、寺内において堂舎営繕に力を発揮していく過程と軌を一にしている。中世は勧進活動の最も盛んな時代であったが、それに伴い勧進活動に関する文化、言うならば寺社縁起、観音霊験記、参詣曼荼羅などなどが形成されたのである。

江戸時代になって近世的宗教制度が確立すると、聖《ひじり》などは一掃され寺内組織は一元化した。しかし、秘仏の伝統は保持され、開帳は一寺をあげての行事となった。開帳の時期は三十三年に一度、五十年に一度、住職一代に一度、毎年一度、あるいは不定期になどさまざまである。三十三という数は、『法華経』観音品《ぼん》による観音三十三応化身《おうげしん》からとったものである。

明治初年には、維新政府による神仏分離令や、廃仏毀釈の運動によって、神仏習合していた日本の宗教界は大きな影響を受けることとなったが秘仏は変わらないでいる。

秘仏成立の要因

次に秘仏化の要因について具体的にまた箇条的に探ってみよう。

第一に、秘仏の最も正統的、且つ表層的な要因は、仏像それ自体の持つ霊異力である。特に霊木で彫られた仏像や、神秘的な伝承を持つ金銅仏では、「普通ではない」という非日常性と、「俗世界のものが軽々しく接してはいけない」とタブー性のゆえに、われわれの世界とは一線を画することになる。

またこれは、仏教史の立場から言えば、ホトケの霊験に直接触れることを思想的に承認する密教の発想、就中《なかんずく》現世における具体的な功徳を強調する変化《へんげ》観音（十一面、千手《せんじゅ》）、不空羂索《ふくうけんさく》、如意輪《にょいりん》などの信仰と軌を一にするものである。

第二は、主に民俗学の分野から提出されている見解である。すなわち、日本における神は、「いますが如く」扱われ、いわば神とは「祀るときに出現し、もしくは出現したときに祀るもの」とされる。祭りの場では、神が降臨するもの「依代《よりしろ》」を置き、これに対して「いますが如く」奉仕する。

一方、仏寺では諸堂に各尊を安置し、それぞれ常住しているものとしている。神の祭りは、特定の時を定め、有縁の人びとの奉仕によって行われる。他方、仏の供養は、随時、個々人の参拝の形式をとる。

このような顕著な違いがあったために、仏教において縁日や法会《ほうえ》などの行事が行われるようになると、逆に「常にいます」と信じられたはずの仏、菩薩は、ある特別な機会にだけ開顕（開帳）し、平日には目《ま》の当たりに現れない「秘仏」存在となったのではないかと考える主張である。

第三の理由は、仏像を見る人の誤解や失敗を防ぐためという。例えば多岐にわたる尊格を示す仏像の中には、温和な仏・菩薩の像だけではなく、髪を逆立て、血走った眼で敵対者の生首を持つ忿怒《ふんぬ》尊《そん》も見られる。

また聖天などに代表される如く、男女の夫婦神が抱き合う、俗にいう歓喜仏も篤い信仰を集めている。そのようないわば「大人の仏像」は、人生経験の豊富な人びとにとっては、困ったときの助けになる強力な存在であるが、また人によってはかえって害を与えてしまうことも少なくない。このような理由から、密教色の強い明王像や、御利益の著しい天部像が秘密にされることが多い。

第四の理由は、逆に寺院、仏像を保管し、運営している人間の側の論理である。歴史的、且つ現実的には、こちらの要素が大きな役割を果たしたことは容易に想像つくところである。

その場合、まず基本的に言えることは、厨子の扉を閉じて秘仏化することによって、その功徳の及ぶ先を限定することになる。極論すれば、「私物化」ということもできよう。と同時に、しばしば触れてきたように、隠すというタブー性、特殊性によって、意識的にその仏像の霊験功徳を高めることにもつながってゆく。こうした背景には、その寺院を経済的に支えた集団の意図が大きく働いていたことは想像に難くない。

要するに、各寺の霊場としての印象が強まってゆけばゆくほど、「大衆化」とは逆に、本尊（もしくはそれに代わるもの）は次第に祭り上げられ、象徴化されてゆくのである。本来は秘仏と関係の薄いはずの四国八十八ヶ所の本尊が、次第に豪華な厨子の中に隠れてしまう現実とも決して無関係ではなかろう。

秘仏ならびに秘仏化について、その起源、進展、要因などを前記の専門家の著述から抄記、要約を試みました。はなはだ能力不足の記述ですが、読者氏の秘仏についてのお考えの一助にでもなれば、幸いです。

時の流れの速さは、人の年齢によって異なるものです。
二十代は時速二十キロ、
五十代は時速五十キロ、
八十代は時速八十キロで過ぎていきます。

【著者略歴】
小沢昭司（おざわ　しょうじ）
一九二七年（昭和二）、東京都足立区千住に生まれる。千寿小学校、都立江北中学校、武蔵高等学校（旧制）を経て、
一九五二年（昭和二七）、千葉大学医学部卒業、日赤中央病院（現日赤医療センター）外科にて研修後、
一九五六年（昭和三一）、現住所にて胃腸科医院を開業、現在に至る。
著書に、『時々有心』（冨山房インターナショナル）、『医説徒然草』（朝日新聞出版）他。

耄話抄《もうわしょう》

平成三十年一月二十五日　初版発行

著者　小沢昭司
東京都足立区千住一-三一-三
☎〇三(三八八八)〇三三〇　〒一二〇-〇〇三四

発行　㈱冨山房インターナショナル
東京都千代田区神田神保町一-三
☎〇三(三二九一)二五七八　〒一〇一-〇〇五一

印刷　冨山房インターナショナル
製本　加藤製本株式会社

ISBN978-4-86600-043-5 C0095